KB038142

DREAMBOOKS★

DREAMBOOKS★

ORIENTAL FANTASY STORY & ADVENTURE

시니어 신무협 장편소설

dream books
드림북스

수라전설 독룡 21 수라의 도약

초판 1쇄 인쇄 2020년 6월 5일
초판 1쇄 발행 2020년 6월 22일

지은이 시니어
발행인 오영배
편집 편집부
일러스트 eunae
본문 디자인 오정인
제작 조하늬

펴낸 곳 (주)삼양출판사 · 드림북스
주소 서울시 강북구 도봉로 173
대표 전화 02-980-2112 **팩스** 02-983-0660
편집부 전화 02-987-9393 **팩스** 02-980-2115
블로그 blog.naver.com/dreambookss
출판등록 1999년 3월 11일 제9-00046호

ISBN 979-11-283-9882-7 (04810) / 979-11-283-9448-5 (세트)

+ 이 도서의 국립중앙도서관 출판시도서목록(CIP)은 서지정보유통지원시스템홈페이지(http://seoji.nl.go.kr)와 국가자료종합목록 구축시스템(http://kolis-net.nl.go.kr)에서 이용하실 수 있습니다. (CIP제어번호 : CIP2020021861)

수라전설 독룡

21

수라의 도약

시니어 신무협 장편소설

ORIENTAL FANTASY STORY & ADVENTURE

dream books
드림북스

목 차

第一章

초인의 영역

범본은 금강불괴다.

진자강이 하려는 말을 안령이 막았다.

"알아."

안다고?

안령이 범본을 노려보며 진자강에게 말했다.

"우리 가문을 우습게 보지 마. 오랫동안 강호에서 살아남은 건 그만한 이유가 있어서니까."

범본이 못마땅하다는 듯 말했다.

"안씨 의가는 의술만을 행하면 됩니다. 그래야 살 수 있습니다. 강호와 관을 기웃거리면서 이쪽저쪽에 붙는 행태를 지속하면 앞으로는 살아남을 수 없을 것입니다."

"설교하지 마. 당신이 죽인 가문의 후손에게."

안령이 자못 비장하게 범본의 앞에 마주 섰다. 그러곤 진자강에게 말했다.

"하나만 부탁할게."

진자강은 안령의 표정과 어조에서 더는 말릴 수 없다는 걸 깨달았다.

"말해 보십시오."

"우리 가문을 지켜 줘."

안씨 가문을 지켜 달라니…….

쉽사리 대답할 수 있는 범위가 아니다.

소림사뿐 아니라 온갖 위협으로부터 지켜 달라는 뜻일 것이다.

"그냥 해 달라는 거 아냐. 만약 내가 도움이 된다면, 우리 가문이 스스로 일어설 수 있을 때까지만…… 도와줘."

진자강은 바로 대답했다.

"어렵습니다."

"알아, 당신에겐 우리 가문이 원수니까. 하지만 진짜 너무한다. 이런 상황이니까 거짓말로라도 그러마 해 주면 좋을 텐데."

안령이 구슬프게 웃었다.

"그래서 왠지 난 당신이 좋으면서도 가까이할 수가 없더라고."

진자강에게도 안령의 슬픔이 전해졌다.

"……안령 소저."

범본이 고개를 저으며 말했다.

"남녀 간의 정이라는 것은 부질이 없습니다. 소승을 앞에 두고 이 무슨 바보 같은 놀음이란 말입니까?"

안령이 소리 질렀다.

"당신도 아비와 어미의 정을 통해서 세상에 나왔어!"

범본이 두꺼운 손을 치켜들어서 부채처럼 휘둘렀다.

부우우우웅!

범본의 앞에 있던 탁자와 부서진 잔해들이 죄다 쓸려 나갔다. 안령의 머리카락과 옷이 강풍을 맞닥뜨린 것처럼 흩날렸다. 머리와 얼굴, 몸에 잔해가 박혔다. 입술에도 꽃병 조각이 찍혀 피가 흘렀다.

안령은 풍압에 뒤로 조금 밀려났을 뿐, 눈 하나 깜짝 안 하고 범본을 쳐다보았다. 입술에 박힌 꽃병 조각을 뽑아 던졌다.

범본이 말했다.

"구업(口業). 입으로 짓는 죄 또한 중죄입니다. 어찌 아녀자가 불경스럽게 함부로 남녀 간의 운우(雲雨)를 입에 담습니까."

안령은 분노에 찬 눈으로 범본을 노려보며 말했다.

"남녀 간의 자연스러운 일을 불경스럽네, 아녀자네 하면서 정작 온갖 죄악을 저지르는 건 본인들이지. 당신도 어미의 배에서 태어났어. 누가 더 가증스러울까."

"그야 물론……."

범본이 눈을 가늘게 뜨고 웃었다.

"무지몽매한 중생들이지요."

진자강은 내공을 끌어 올리고 범본을 상대하려 했다. 그런데 안령이 진자강의 앞을 막았다.

"나서지 마! 이건 내 싸움이야."

맨손으로 금강승을 목 졸라 죽인 안령의 실력은 상당하지만, 범본과는 차원이 다르다. 당연히 무리다.

"오기 부리지 마십시오. 오기로 이길 수 있는 상대가 아닙니다."

범본이 둘의 말에 끼어들었다.

"괜찮습니다."

범본은 앞으로 걸어왔다. 범본이 걸을 때마다 몸이 둘로 갈라졌다.

"두 분 다 동시에 상대해 드리겠습니다."

누가 먼저랄 것도 없이 안령은 좌로, 진자강은 범본의 우측으로 돌아갔다.

훅! 범본이 양쪽에 동시에 나타났다.

첫 번째 범본이 안령의 턱을 오조룡으로 치고 두 번째 범본이 진자강의 가슴을 학권으로 걷어찼다.

안령은 오조룡의 풍압에 밀려 휘청거리면서 허리를 뒤로 뉘여 피했다. 진자강도 몸을 틀어 범본의 발차기를 비껴 내었으나, 발차기의 풍압에 몸이 크게 흔들렸다.

안령이 뒤로 재주를 넘으며 범본의 겨드랑이를 발끝으로 올려 찼다. 진자강은 중심을 잡으며 범본의 정강이를 포룡박으로 찍으려다가 자기도 모르게 멈칫했다.

범본은 금강불괴다. 이런 공격이 먹힐 리가 없다는 뻔한 의심이 진자강을 주저하게 만들었다.

순간 세 번째의 범본이 나타나 안령을 호권으로 후려쳤다. 안령은 피하지 않고 범본의 팔꿈치와 손목을 장으로 쳤다. 범본은 아무런 타격이 없었지만 안령은 어깨 살점이 떨어져 나갔다. 안령이 급히 바닥을 굴러 후속타를 피했다.

두 번째의 범본이 연속으로 회전하며 진자강을 돌려찼다. 진자강은 팔을 내려 막았으나 옆구리에서 갈비뼈가 우득거리는 소리를 내며 충격을 그대로 받고 날아갔다. 몸을 굴려 일어서려다가 오른쪽 무릎이 삐끗하며 엉거주춤하게 무릎을 꿇었다.

그런데 그때 진자강은 안령이 입술에 여러 겹으로 된 얇

디얇은 천을 물고 있는 걸 보았다. 안령이 검지와 중지, 약지를 각각의 천 위에 올리고 있었고 천들은 길게 이어져 범본의 손목까지 연결되어 있었다.

안령은 눈을 가늘게 뜨고 입술과 손끝에 집중했다. 극히 미세하게 전달되는 천의 진동을 하나도 놓치지 않고 파악했다.

"호오. 과연 안씨 의가."

범본이 손을 들더니 손목에 묶인 천을 보곤 감탄성을 냈다.

"본인의 어깨를 내어 주고 소승의 맥을 짚은 것입니까?"

그러나 안령의 눈가는 거무죽죽했다.

진자강이 범본과 싸우며 퍼뜨려 놓았던 독기에 중독되었다.

의가의 후예인데 본인이 중독될 것을 모를 리 없다. 그런데도 중독을 감수하며, 어깨에 부상까지 당하며 범본의 맥을 짚을 이유가 있었는가.

*　　*　　*

남궁락이 중얼거렸다.

"대불이 금강불괴……."

무적.

범본이 금강불괴를 이루었다면 범본은 무적이다. 설사 범본의 무공이 부족하여 상대를 죽일 수 없다 하더라도, 상대 역시 범본을 죽일 수 없는 것이다.

임이언이 혼잣말처럼 말했다.

"금강불괴는 이루는 것도 어렵지만 깨뜨리는 것도 어렵지. 과거 서역의 파계승이 금강불괴를 이루었을 때, 그를 죽이기 위해 백도의 절대고수 천 명이 필요했다."

당하란이 눈을 번뜩 떴다. 죽일 방법이 없는 게 아니라면!

"어떻게 죽였습니까?"

"금강불괴가 깨질 때까지 막대한 내공을 담은 장력을 쏟아붓고, 검강으로 두들겼다고 하네. 그러나…… 결국 금강불괴가 파괴되기 전에 파계승은 내장이 녹아 죽었다지."

섬뜩한 결과에 당하란은 이를 악물었다. 정말로 아무런 방법이 없는 것일까.

당하란이 생각난 듯 물었다.

"조문이…… 금강불괴에도 조문이 있을 것 아니에요!"

무각이 대답했다.

"금강불괴가 되면 조문이 가려진다."

"가…… 려진다?"

"이를테면, 또 다른 호신강기의 일종인 금종조의 조문은 대개 꼬리뼈의 장강혈에 있다. 장강혈에 내가중수법으로 큰 충격을 주면 호신강기를 지탱하는 내공의 흐름이 끊겨 금종조가 파괴된다."

"금강불괴가 되면 어찌 되지요?"

"약점이 되는 조문의 기혈이 막혀서 스스로 폐혈(閉穴)되어 버린다."

당하란의 얼굴이 완전히 하얗게 질렸다.

약점이 되는 기혈이 스스로 막혀 버리다니!

말 그대로 죽은 혈이 되어 아무런 영향을 주지 못하게 되는 것이다.

예전에 진자강의 기혈이 꽉 막혀 점혈이 통하지 않던 것과 마찬가지다.

약점이 되는 조문이 폐혈이면, 그것은 더 이상 약점이라고 부를 수도 없는 일이 아닌가!

"다만 금강불괴가 될 때의 폐혈에도 종류가 있다."

무각이 설명했다.

"금강불괴가 된 자의 맥을 짚었을 때 가마솥에서 물이 끓는 것처럼 뛰면 부비맥(釜沸脈)라 하여, 조문이 하루 여섯 시진 동안만 사혈이 된다."

하루의 절반은 약점이 나오고, 절반 동안은 가려진다는

뜻이다.

“물고기가 꼬리를 움직이는 것처럼 맥이 흔들거리면 어상맥(魚翔脈)이라 하여, 조문을 반드시 음한(陰寒)의 내가중수법으로만 파괴할 수 있다. 맥이 돌처럼 딱딱하면 탄석맥(彈石脈)이라 하여 먼저 족소음신경(足少陰腎經)을 타격하여야 조문이 열린다. 그리고…….”

이미 폐혈의 종류를 찾아내는 것에서부터 지극히 까다로운 의술의 영역이다. 약초라면 몰라도 진자강이 찾아내기 어려울 것이다.

하지만…… 만일 진자강이 범본의 맥을 잡아 폐혈의 종류를 찾아낸다고 해도 마찬가지다. 가려진 조문을 여는 것 자체가 복잡하고, 또 조문을 열었다고 해도 조문을 파괴하는 조건을 충족하여야 한다.

이 모든 것을 어떻게 다 맞출 수 있겠는가!

오죽하면 서역의 파계승을 죽이는 데 절대고수 천 명이 필요했다지 않은가.

당하란은 핏기가 사라진 얼굴로 띄엄띄엄 물었다.

“대불의…… 폐혈은 무엇입니까?”

무각은 천천히 고개를 저었다.

“그것은 오직 대불만이 안다.”

“그래도…… 방법이 없는 것은 아니니까요. 그이는……

반드시…… 방법을 찾아낼 거예요. 반드시…….”

당하란이 떨리는 손으로 독천을 꼭 안았다.

* * *

진자강은 불현듯 들려온 귓가의 전음에 정신이 번쩍 들었다.

『집중해! 곧 대불의 조문이 열릴 거야. 절대로 놓치지 마!』

안령이 범본에게 다가설 준비를 하며 진자강에게 전음을 보내고 있었다.

『조문이 드러나면 온 힘을 다해서 내가중수(內家重手)로 때려. 조금이라도 힘이 부족하면 금강불괴는 깨지지 않아.』

하지만 진자강은 소리를 내어 말렸다.

“그만두십시오.”

안령이 인상을 썼지만 진자강은 눈짓으로 범본을 가리켰다.

“대불이 이미 알고 있습니다.”

안령이 멈칫했다.

범본은 손목의 천을 끊으며 크게 미소를 지었다.

“그의 말이 맞습니다. 시주의 조부께서도 똑같은 행동을 하더군요.”

안령이 눈물이 핑 돌아 이를 악물었다.

"역시 그랬어. 그래서 전후 사정을 짐작하고 있음에도 핑계 삼아 할아버지를 죽인 거야. 금강불괴를 없앨 후환을 남겨 두기 싫어서."

범본은 고개를 저었다.

"그건 오해입니다. 소승이 어찌 안씨 의가 따위를 후환으로 생각하겠습니까. 그랬다면 안씨 의가를 남겨 두겠다고 하지 않았겠지요. 설마하니 소승이 금강불괴만을 믿고 이런다고 생각하시는 것입니까?"

범본이 양팔을 벌렸다.

"그럼 해 보십시오. 시주의 조부는 성공하지 못하였으나, 어쩌면 시주는 할 수 있을지도 모르겠군요."

빠드득!

안령의 눈이 더 빨갛게 되었다. 안령은 범본을 향해 몸을 날렸다.

"죽어!"

안령을 그대로 둘 수는 없었다. 안령이 금강불괴를 깰 방법을 알고 있다면 할 수 있도록 도와야 한다.

진자강은 빠르게 한 모금의 호흡을 삼키며 안령의 뒤를 쫓았다. 어긋난 무릎 때문에 속도가 나지 않고 고통만 심했다. 하나 진자강은 고통을 참고 발을 박찼다.

역잔영 혼신법! 진자강의 몸이 순간적으로 잔상을 남기며 안령을 따라잡았다. 안령보다 먼저 진자강의 손이 범본의 얼굴을 덮었다. 진자강의 손가락 사이에 독침들이 끼워져 있었다. 독침이 범본의 눈동자를 찔렀다. 범본은 눈을 감음으로써 가볍게 진자강의 공격을 막았다. 눈꺼풀에 찔린 독침은 더 들어가지도 않았다.

진자강이 범본의 귀에 독침을 찔러 넣었다. 범본이 아주 살짝 고개를 돌림으로써 독침은 귓바퀴에 걸려 버렸다. 범본이 솥뚜껑 같은 손바닥으로 진자강을 밀쳐 냈다. 진자강은 바닥을 몇 바퀴나 굴렀다. 동시에 안령이 범본의 팔을 장으로 때렸다.

펑! 펑펑!

팔의 혈도를 따라 연속으로 장을 쳤다. 팔 안쪽에서부터 새끼손가락까지 이어지는 수소음심경(手少陰心經)의 아홉 혈.

겉으로는 전혀 타격의 흔적이 없지만 범본의 오른팔에서는 연신 폭죽이 이어서 터지는 소리가 났다.

안령이 폐혈된 범본의 조문을 여는 법을 찾아낸 것이다!

그러나 범본은 여전히 여유작작하였다.

"언도맥(偃刀脈)은 매우 짚기 어렵거늘, 과연 의선의 수제자답습니다."

범본이 주먹을 휘두르고, 안령은 보법으로 피하면서 계

속해서 장을 날렸다. 반은 빗나가고 반은 맞았다. 그러나 팔의 내측에 있는 혈도는 범본의 방해로 때릴 수가 없었다.

"도와줘!"

진자강이 범본의 등 뒤로 올라타 왼팔을 다리로 조이고 머리를 양팔로 감았다. 작열쌍린장으로 얼굴과 귀를 지졌다.

치이이이! 연기가 피어올랐지만 작열쌍린장의 열기는 범본의 피부를 상하게 하지 못하였다.

범본이 뒷목으로 손을 뻗어 진자강을 잡으려 하였다.

금강불괴의 외피는 무엇으로도 뚫을 수 없지만, 충격을 아예 주지 못하는 것은 아니다.

진자강은 범본의 목 뒤를 손끝으로 짚었다.

투학!

진자강의 팔이 반탄력에 튕겼다. 촌경의 파괴력이 절반으로 줄었다. 그러나 나무 그루터기처럼 두꺼운 범본의 목도 강한 충격에 앞뒤로 휘청거렸다.

범본이 팔꿈치도 아닌 상박으로 등 뒤의 진자강을 쳤다. 이미 반탄력으로 팔이 튕겨 중심을 잃은 진자강이 옆구리를 얻어맞고 범본의 등 뒤에서 떨어져 나갔다. 그 육중한 체구가 번개처럼 떠올라 진자강을 걷어찼다.

쾅! 진자강은 바닥에 몇 번을 튕기며 날아갔다.

범본은 목이 빼근했는지 목을 잡고 고개를 돌렸다.

우둑 우둑.

안령이 그사이 범본의 팔뚝 내측 혈도를 한 군데 더 쳤다.

펑!

팔뚝 살이 밀렸다가 다시 돌아올 정도로 강한 위력이었지만 범본은 멀쩡했다. 그러나 일단은 내부적으로 혈도에 충격을 준 것으로 충분했다.

범본이 시선을 아래로 하여 안령을 내려다보았다.

"방금 여덟 번째 혈을 타격하였군요. 이제 남은 것은 수소음심경의 마지막 혈이지요?"

범본은 보란 듯 손을 내밀었다.

"시주는 절망이란 말을 압니까?"

안령이 범본의 말을 고스란히 듣고 있을 리 없었다. 안령은 손가락을 뻗어 범본의 손에 있는 혈을 짚으려 들었다.

순간 범본이 주먹을 쥐었다. 안령의 왼손 손가락들이 범본의 손가락에 끼었다. 그 상태로 범본이 주먹을 완전히 말아 쥐었다.

우드드득!

안령의 머리카락이 치솟고 전신의 솜털이 거꾸로 섰다.

안령은 고통에 무릎을 꿇을 뻔하다가 이를 악물고 섰다. 반대쪽 손으로 범본의 주먹 쥔 손가락을 잡고 펴려 했다.

범본이 말했다.

"우매한 중생은 때로 절망을 겪은 뒤에야 현실을 깨닫습니다. 절망 속에서 구원을 바랍니다. 하나 지옥에 떨어지고 나서 뒤늦게 참회한다고 형벌이 줄어들겠습니까?"

안령은 철포삼을 두른 금강승을 목 졸라 죽일 정도로 강한 힘을 가졌다. 그런 안령이 범본의 새끼손가락 하나를 주먹에서 빼내지 못하고 있었다. 온 힘을 주어 안령의 팔이 부들부들 떨렸다.

"분노를 감추십시오. 육체는 죽고 나면 한 줌 흙으로 돌아갈지니, 마음의 평온을 지키십시오."

범본이 발을 들어 안령의 발등을 밟았다.

와작!

안령의 발등이 으스러졌다.

"으아아아악!"

안령이 처절한 비명을 지르며 무너졌다. 한 손이 범본의 주먹에 끼인 채 금방이라도 넘어질 것처럼 몸이 축 늘어졌다. 범본이 빙긋 웃으며 팔을 치켜들었다.

"으, 으아, 으아아아……!"

안령은 끼인 팔이 딸려 올라가 들어 올려졌다.

피가 터져서 빨갛게 된 눈을 돌려 진자강을 쳐다보았다.

"소…… 충…… 혈……."

소충혈은 새끼손가락 손톱 부근의 혈로 수소음심경의 요충지다. 경맥이 시작된다고 하여 정혈(井穴)이라고까지 불린다.

방금 그곳을 짚으려다가 손가락이 끼어 으스러져 버린 것이다.

진자강은 소매를 길게 찢어 무릎을 감싸 매었다.

그러곤 길게 심호흡을 하며 한껏 내공을 끌어 올렸다.

옥허구광 오뢰합마공 팔광제.

저수마신의 거.

콰아아아. 몸 안에서 내공이 거세게 소용돌이쳤다. 내공의 소용돌이가 몸을 마구 흔들면서 상한 무릎이 가시가 박힌 것처럼 통증을 일으켰지만 버틸 만은 하였다.

범본이 안령을 들고 있는 채로 진자강을 쳐다보았다.

"같은 뿌리를 가진 무공이, 한 시주는 마의 길로 한 시주는 도가의 길로 인도하였군요. 그러나 어떤 무공이든 마찬가지입니다."

범본은 아무렇지도 않게 주먹을 진자강의 앞으로 향했다. 손가락이 범본의 손가락 사이에 낀 안령이 절로 딸려갔다.

"소승의 주먹 안에 있는 새끼손가락을, 꺼낼 수 있겠습니까?"

범본이 힘을 주었는지 주먹 안에서 우득우득 소리가 났다. 안령은 얼굴이 온통 새빨개졌으나 비명을 참았다. 몸을 뒤흔들어 스스로 어깨를 탈구시켰다. 양다리를 범본의 팔에 걸고 멀쩡한 손으로 범본의 손가락을 힘껏 당겼다. 그러나 범본의 새끼손가락은 꿈쩍도 하지 않았다.

진자강이 범본에게 달려들었다. 범본이 안령을 진자강의 앞으로 옮겼다. 범본을 공격하는 데 안령이 방해가 되었다. 진자강은 바닥으로 미끄러지듯이 몸을 낮춰 범본의 뒤로 돌아갔다. 범본의 몸이 순식간에 돌아섰다. 진자강이 주먹의 아랫부분으로 범본의 발등을 쳤다.

펑! 신발이 터져 나가며 발가락이 드러났다. 범본이 발가락을 오므려 진자강을 찼다. 진자강은 피하지 않고 가운뎃발가락을 손으로 짚었다.

투학!

진자강도 팔이 튕겨 나가고 범본도 발이 뒤로 빠져 휘청거렸다. 진자강은 범본의 앞발에 다리를 걸었다. 범본이 앞으로 넘어갔다.

쿠웅!

안령이 범본에게 깔렸다. 어깨가 빠진 데다 몸까지 엉켰다.

"으아악!"

안령은 참지 못하고 비명을 질렀다.

진자강이 바로 범본의 등 뒤로 올라탔다. 그러곤 범본의 뒤통수를 짚어 발경했다.

투학!

와지끈!

마룻바닥이 쪼개지며 범본의 머리통이 바닥에 크게 박혔다가 튕겨서 올라왔다.

투학! 투학!

진자강은 내공을 모조리 소모할 기세로 촌경을 사용했다. 범본은 머리를 누군가 잡고 바닥에 찧는 것처럼 계속해서 바닥에 머리를 박았다.

콰직! 쾅!

촌경은 전신의 힘을 최대로 모아 한 점으로 분출하는 것이라 연속해서 사용하면 진자강의 몸에도 충격이 쌓인다. 심지어 범본의 내공이 일으키는 반탄력이 촌경의 일부를 진자강에게 되돌리고 있었다. 실제 보이는 파괴력보다 제대로 위력이 전해지지 않고 있을 것이다.

뚝! 무리하게 촌경을 쓴 때문에 진자강의 중지 가운데 마디가 빠져서 뒤로 젖혀졌다. 진자강은 이로 중지를 당겨 맞추었다.

범본은 왼손은 펼치고, 안령의 손가락을 끼고 있는 오른손은 주먹을 쥔 채 바닥을 짚어 일어서려 했다.

진자강이 범본의 등 뒤를 굴러 주먹을 쥐고 있는 오른팔로 내려왔다. 그 순간 진자강과 안령의 눈빛이 마주쳤다. 안령이 땀과 피로 범벅이 된 고통스러운 얼굴로 이를 악물었다.

진자강이 주먹을 쥔 범본의 엄지와 검지 사이 합곡혈을 짚었다.

투학!

범본이 오른손에 쥐고 있던 안령의 손가락에까지 촌경의 힘이 미쳤다. 안령의 손가락은 작살이 났다. 그러나 범본의 손가락도 충격에 벌어졌다.

안령이 범본의 손가락을 벌렸다.

"으아아아아아!"

온 힘을 다해 벌린 새끼손가락 손톱 뿌리의 소충혈을 엄지로 눌렀다. 모든 내공을 쏟아부었다. 소충혈이 부풀어 오르면서 펑 하고 작은 소리가 울렸다.

조문 강제개방(强制開放)!

펑! 펑펑…… 소충혈에서 일어난 작은 폭음이 범본의 전신으로 퍼졌다.

범본의 눈이 크게 떠졌다.

범본은 몸을 크게 떨면서 자리에서 벌떡 일어났다. 양팔을 마구 휘저어 진자강과 안령을 떨쳐 내었다. 어딘가 불편한 자세로 엉거주춤하게 선 범본이다.

안령이 으스러진 손과 발을 감싼 채 절규하듯 소리쳤다.

"놓치지 마!"

진자강은 집중했다.

어떤 식으로 조문이 개방되는지 본 적이 없기에 어떻게든 실마리를 찾아야 한다!

순간.

믿을 수 없게도 범본이 다소의 고통스러운 표정으로 바짓가랑이를 잡는 게 아닌가!

안령이 소리쳤다.

"회음, 회음혈이야!"

회음혈은 고환과 항문 사이에 있다.

진자강은 빛살처럼 쏘아져 나갔다. 할 수 있는 모든 힘을 다해 뛰어올라 무릎으로 범본의 회음혈을 올려쳤다.

쾅!

진자강의 무릎이 아작 나고, 범본의 거대한 몸도 지상에서 한 뼘이나 떠올랐다. 장력으로 뿜어내는 내가중수법 이상의 파괴력이 담겼다. 설사 조문이 열리지 않았더라도 보통 사람이었으면 아랫도리가 뭉개져서 하복부의 내장까지 터져 버렸을 터였다.

떠올랐다가 내려앉은 범본은 벼락을 맞은 듯 몸을 크게 떨더니 통나무처럼 빳빳해졌다.

범본의 눈알이 뒤흔들리다가 번뜩 가운데로 돌아왔다. 그러더니 진자강을 내려 보곤 그의 머리를 자신의 머리로 박았다.

빽! 진자강이 머리를 피하려 했지만 옆쪽을 박혀 머리가 깨졌다. 피가 튀었다. 진자강은 바닥에 주저앉았다.

안령이 널려 있던 검 한 자루를 주워들고 발을 끌면서 다가왔다. 검을 치켜들고 범본의 가슴을 노렸다.

부우우우, 검명이 울리며 검기가 치밀었다. 검강에 가까운 진한 빛이 어렸다.

그런데 돌연 진자강이 외쳤다.

"물러서십시오―!"

안령은 진자강의 말을 듣지 않았다.

"죽어라―, 원수!"

안령이 외발로 돋움을 하며 길게 검을 찔러 넣었다. 안령의 눈에는 오직 범본만이 보였다. 살의가 끝까지 치밀어 반드시 범본을 죽이겠다는 의지가 엿보였다.

모든 내공을 담긴 검 끝이 범본의 가슴 정중앙에서 약간 왼쪽에 위치한 심장을 찔렀다.

푸욱.

그러나…….

검은 들어가지 않았다.

검강에 가까운 검기도 전혀 들지 않았다.

검 끝은 범본의 맨 살갗을 뚫지 못하였다.

안령이 온 힘을 다해 밀어도 검이 휘어질 뿐 박히지 않았다.

안령은 당황해서 더듬거렸다.

"어, 어째서……."

범본의 손이 위로 한껏 치켜 올라갔다. 망연자실한 안령을 향해 범본의 손이 조금의 자비도 없이 떨어졌다.

빠억!

안령은 그대로 튕겨 기둥에까지 날아가 부딪쳤다. 기둥이 기울 정도로 강하게 부딪치고 바닥에 떨어졌다.

범본이 뭐가 우스운지 웃으려 할 때, 진자강의 몸이 갑자기 범본의 앞에 나타났다. 진자강이 범본의 정수리를 포룡박으로 찍었다.

뚜둑. 진자강의 다섯 손가락 끝이 모두 부러졌다.

범본의 머리에는 붉은 점만이 생겨났을 뿐, 전혀 상처가 나지 않았다.

껄껄껄.

범본이 소리 내어 웃었다.

진자강은 혀를 물어 피를 머금곤 범본의 얼굴에 뿜었다. 범본은 자신의 얼굴과 입에 수라혈이 뿜어졌어도 아까와 마찬가지로 아랑곳하지 않고 진자강의 가슴을 머리로 들이받았다.

진자강이 팔로 방어했지만 충격이 파고들어 와 늑골에 금이 갔다. 진자강도 안령처럼 튕겨 났다.

범본이 둘을 보고 고개를 가로저었다.

"절망했습니까? 구차한 희망이 무너져 절벽에서 떨어진 기분이 들었습니까? 빛은, 희망은 중생에게 주어진 특권이 아닙니다. 그것은 오로지 부처를 향한 일심(一心)에서만 나올 수 있는 것입니다. 수많은 시련 속에서도 자기 자신을 지킬 수 있는 길은 오로지 부처께 있습니다."

진자강은 안령에게 기어갔다.

"안령 소저!"

안령은 쓰러진 채로 일어나지 못하고 입가에서 피를 흘렸다. 믿을 수 없다는 듯 얼이 나가 있었다.

"내가…… 내가 뭘 잘못했지?"

진자강은 안령의 몸을 급히 확인했다. 곳곳의 뼈가 부러지고 내장이 심각하게 상했다. 안령이 연신 꿀럭대며 피를 토했다.

범본이 말했다.

"시주는 잘못한 것이 없습니다. 그대의 조부보다도 나았습니다. 언도맥을 짚은 것도 매우 좋았습니다. 하나, 소승에게는 안타깝게도 그대가 바라는 조문이 없는 것 같군요."

"뭐…… 라고?"

"금강불괴가 되기 직전, 소승은 스스로 거세하여 회음혈을 통째로 없애 버렸습니다. 정확하게 말하자면, 회음혈과 회음혈에서 이어지는 기혈까지 회복 불가능하게 망가뜨린 것입니다."

범본이 눈을 동그랗게 치켜뜨고 두툼한 입술을 꾹 닫았다.

"따라서 소승은 무적. 소승에게 약점이란 없습니다."

진자강도 어지간하면 대꾸를 하였을 텐데, 말이 바로 나오지 않았다.

사람에게 어찌 약점이 없을 수가 있단 말인가.

금강불괴로도 만족하지 못하고 자연스레 닫히는 조문마저 망가뜨려 버린 범본의 지독함에 몸서리가 쳐졌다.

범본이 너무 느슨하다는 생각이 들 정도로 쉽게 혈도를 내주었다 싶었더니, 이유가 있었다.

결국 범본은 진자강과 안령이 절망에 빠져 허우적대는 모습을 보고 싶어했던 것이다.

범본이 둘을 빤히 바라보았다.

"팔다리 하나 부서지는 것쯤 아무렇지 않게 생각하는 무인들에겐 육체의 고통보다 마음의 고통이 더욱 괴로운 법. 소승도 어지간하면 이토록 잔인해지고 싶지는 않았습니다."

안령이 계속해서 피를 토했다.

"고통스러워 보이는군요. 하나 소승을 이리 만든 건 당신들 자신. 누구를 원망하겠습니까. 부디 다음에는 모든 고통이 없는 세상에서 뵈었으면 합니다."

안령은 망연자실을 넘어서서 범본의 말대로 완전히 절망했다.

절망의 눈물을 흘렸다.

힘없이 고개를 돌린 안령이 진자강에게 말했다.

"미안해…… 도움이 되지 못했네."

"소저는 최선을 다했습니다."

"미안해……."

안령은 울먹이며 다시 한번 사과했다.

"미안해. 안씨 의가의 배신으로…… 백화절곡이 그렇게 되어서."

안령의 마음속 깊이에 자리 잡은 고통의 원인.

가문의 생존을 위해 정파인으로서 정파인답지 못한 행동을 해야 했다. 협과 정의를 외면하고 가문이 박쥐처럼 이편

저편에 붙는 것을 지켜보아야 했다. 백화절곡이 대문에 멸문당하여 죽었고, 안령은 그 때문에 진자강에게 가까이 다가갈 수 없었다.

그 고통이 가슴에 박혀서 안령을 비뚤어지게 만들었다.

그것을…… 이제야 안령이 사실을 털어놓으며 진자강에게 용서를 구하는 것이다.

진자강이 고개를 저었다.

"사과할 필요 없습니다."

"잔인한 사람…… 끝까지 그렇게 냉정해야겠어?"

안령은 서러움에 눈물을 흘리다가 피를 토했다.

"그런 뜻이 아닙니다."

진자강이 말했다.

"염왕은 오래전부터 운남 무림을 장악하여 소금 무역로를 확보하려 했습니다. 안씨 의가에서 배신한 때문이 아닙니다."

"아……!"

"그리고 금강천검은 독문을 끌어들여 무림총연맹에서 자신의 입지를 높이려 하였습니다. 어떤 식으로든 우리 백화절곡은 살아남기 어려웠을 겁니다."

울면서 피를 뿜어내던 안령이 희미하게 웃었다. 그러더니 뜻밖의 말을 했다.

"안아 줘."

진자강은 쓰러져 있는 안령의 상체를 들어 안아 주었다.

"고마워…… 말이라도 그렇게…… 해 줘서……."

안령의 숨소리가 점점 잦아들어 갔다.

진자강은 안령을 내려놓았다.

뒤에서 커다란 그림자가 진자강과 안령을 덮었다.

뚝.

진자강의 목덜미로 한 방울의 눈물이 떨어졌다.

안령이 아니다.

진자강이 고개를 돌려 뒤를 보았다.

범본이 둘을 내려다보며 한쪽 무릎을 꿇고 눈물을 흘리고 있었다!

"……!"

범본이 왜?

범본은 안타까움의 한숨을 내쉬며 또 눈물을 흘렸다.

"마지막 순간에 부처를 갈구하지 않고 연정을 구하다니……. 중생의 어리석음이란 참으로 답답하고, 또 답답합니다. 다시 한번 소승이 해야 할 일을 깨달았습니다. 소승은 이런 일이 결코 반복되지 않도록 중생들을 구원하고 또 구원하여 정토로 이끌 것입니다."

진자강이 잠시 생각하더니 일어섰다.

진자강은 눈물을 흘리는 범본을 보며 자신의 옷을 쭉 찢었다. 그러곤 끝이 부러진 손가락으로 옷을 집어 범본의 얼굴을 훔쳐 주었다. 눈물을 닦아 주고 있는 것이다.

범본이 이해하기 어렵다는 투로 진자강을 바라보았다.

"독룡 시주?"

진자강은 계속해서 눈물을 닦아 주며 이루 형언하기 어려운 부드러운 어조로 범본을 불렀다.

"대사가 방장이 된 것, 절복종을 지운 것, 그것들이 그저 운이 아니었군요."

"소승이 살아온 생애 내내. 운으로 성취한 것은 단 한 번, 스승님을 만나게 된 때뿐이었습니다."

범본은 무심코 속마음을 내비쳤다.

진자강은 스승이라는 말에 미묘한 어감을 느꼈다.

"스승이 당신에게 사람을 해치고 부처가 될 이와 그렇지 않은 이를 구분하라 가르쳤습니까?"

"아니. 그렇지 않습니다. 소승의 진정한 스승은 소승에게 살아가는 법을 가르쳐 주었습니다. 어떻게 하면 더 많은 중생을 구원할 수 있을지를 알려 주셨습니다."

스승을 생각하니 감정이 복받쳤는지 범본의 눈이 몽롱해졌다.

진자강이 말했다.

"그것은 적어도 소림사의 포교 방식은 아닌 듯하군요."

범본은 정신을 차리고 대답하지 않았다.

"대사."

진자강이 조용히 말했다.

"남을 구하려면 스스로 답답함에 눈물을 흘리지 말고 남을 위해 눈물을 흘리십시오. 그게 구도하는 자의 모습입니다."

범본이 진자강을 빤히 바라보았다.

"소승에게 사사한 스승의 가르침을 의심하는 것입니까?"

"타인을 위해 눈물을 흘리지 못하면 결국 자신 때문에 피눈물을 흘리게 될 겁니다."

진자강은 마치 아이를 타이르듯 말하고 있었다. 때문에 범본의 표정이 더욱 나빠졌다.

"죽기 직전에 득도라도 한 것처럼 그런 말투로……."

순간, 진자강이 부러진 손끝을 범본의 눈알 아래에 박아 넣었다.

콱!

범본은 눈을 감았지만 진자강의 손이 눈동자의 아래로 파고들어 오며 눈이 감기지 않고 실눈이 떠졌다.

떠진 눈에 진자강이 혀를 질끈 깨무는 모습이 보였다.

푸— 웃!

진자강이 범본의 눈에 피를 뿜었다.

범본은 진자강을 밀어냈다. 진자강이 몸을 피했는지 범본의 손에 걸리지 않았다.

범본은 눈을 떴다.

독이 엉긴 피가 눈에 들어와 잘 보이지 않았다. 금강불괴는 벽독, 독이 침입하지 못하는 몸이라 두렵진 않았다. 그러나 진자강의 말처럼 피눈물을 흘리는 듯한 모습이 된 데다 앞이 잘 보이지 않아 매우 기분이 나빴다.

"크아아아!"

범본이 벌떡 일어나 내공을 사방으로 뿌리며 감각을 곤두세웠다.

겨우 숨만 붙어 있는 안령의 호흡 소리는 들려왔지만 진자강의 기척은 쉬이 느껴지지 않았다. 귀찮게 자글거리는 것들이 범본의 기감을 방해했다.

범본은 눈물을 찔끔거리며 진자강의 모습을 찾으려 했다. 범본의 눈가가 불그스름해지며 노기가 어렸다. 살의가 돌았다.

"감히……! 이제는 소승에게 자비를 구하지 마십시오."

범본이 상체를 구부렸다. 내공을 최대로 끌어 올렸다. 근육이 크게 부풀었다.

범본은 사방으로 권풍을 날렸다.

쾅! 콰아앙! 쾅 쾅!

벽이며 바닥이며, 기둥이며…… 걸리는 모든 것들이 박살 났다. 탁자나 의자는 아예 뭉개져서 날아다녔다.

쾅! 쾅!

주변을 마구 부수고도 분이 풀리지 않은 범본이 눈을 비볐다. 겨우 눈이 보이기 시작했다.

바닥에 뚫린 구멍 사이로 아래층에서 자신을 쳐다보는 진자강의 모습이 보였다. 진자강의 손에는 작하신검이 들려 있었다. 달아난 게 아니라 소모한 내공을 채우기 위해 시간을 번 듯했다.

범본은 살벌한 미소를 지으면서 천근추로 바닥을 뚫어 버리고 즉시 하강했다.

쿠웅!

범본이 착지함과 동시에 진자강이 검을 들었다.

범본은 이를 갈았다.

"소승의 기분을 이리 망친 것은 시주가 처음입니다. 그러나 방금의 기회에 달아나지 않은 걸, 후회하게 될 것입니다."

진자강이 대꾸했다.

"아니, 후회하게 되는 건 대사입니다. 스스로 조문을 없앴다고 자만하게 된 걸, 후회할 겁니다."

"어디 후회하게 해 보십시오. 그러나 소승이 그 전에 시주의 머리를 터뜨려 주겠습니다."

진자강은 대꾸하지 않았다.

더 이상 신경전을 펼칠 생각이 없었다. 검 끝에 온 신경을 집중하고 있는 것이다.

때문에 오히려 말을 건 범본만 머쓱해졌다.

범본이 울컥했다.

"그대는 사람의 기분을 엉망으로 만드는 재주가 있군요!"

팍! 진자강이 무릎에 감았던 천이 찢겨 나가고 전신에서 기운이 쏘아져 나왔다. 휘몰아치는 내공에 옷깃이 펄럭이고 흘린 피가 둥둥 떠다녔다.

진자강이 느릿하게 검을 들었다.

범본의 눈에 힘이 들어갔다.

그것은 이제껏 진자강이 사용한 무공들과는 궤가 다른 것이었다.

그러나 물러서지는 않았다.

자신은 금강불괴다.

도검으로는, 설사 검강이라 할지라도 결코 자신을 해칠 수 없다!

범본은 분노로 가득 차 정면에서 오조룡의 장을 날렸다.

진자강이 기수식에서 검을 미는 자세를 취했다.

우주 만물은 제아무리 어그러져 있어도 끊임없이 근본적인 상태로 돌아가려 한다.

그것이 세상에서 가장 강한 기운, 자오성이다.

초사검기가 일었다. 초사검기가 공간을 마구 난도질하며 공격의 범위를 장악했다.

범본의 오조룡이 초사검기를 밀고 들어왔다.

침전기가 초사검기의 뒤를 받치며 범본이 차지한 공간을 압박했다. 범본의 어깨가 묵직해졌다. 범본은 몸을 털어 압박을 날려 버렸다.

풍사기가 공간을 잘게 쪼개기 시작했다. 범본은 기분이 매우 나빠졌다. 풍사기가 범본의 영역을 침범해 사방에 검기를 삐죽삐죽 세우고 있었다.

범본이 포효하며 사방을 손가락으로 긁어 댔다.

호권, 맹호참격(猛虎斬擊)!

평범한 소림오권이 범본의 손에서 펼쳐지며 절세의 파괴력을 가진 무공으로 변화했다. 풍사기가 가닥가닥 부러지며 갈려 나갔다.

범본이 이를 드러내며 웃었다.

남궁가의 절대만검!

이 정도로는 자신의 금강불괴를 뚫을 수 없다.

순간 진자강과 진자강이 휘두르던 검이 모두 사라졌다.

금강불괴인 범본일지라도 섬뜩한 순간이었다.

투학!

범본의 뒷다리에 촌경이 작렬했다. 범본이 비틀거리며 몸을 돌렸다. 역잔영 혼신법으로 범본의 뒤로 돌아간 진자강이 범본의 중심을 무너뜨린 것이다. 범본이 무너진 자세에서 강제로 발을 박차고 신법으로 움직이려 했다.

그런데 몸이 질긴 덩굴에 결박된 것처럼 움직이기 불편해졌다.

진자강이 범본의 뒤에서 여전히 검을 밀어내고 있어서다.

범본은 팔을 휘둘러 힘으로 공간에 대한 압박을 깨뜨렸다. 물속에서 팔을 휘두르는 것처럼 팔이 느리게 휘둘러졌다.

우두두두! 공간의 균열을 깨뜨리며 팔이 나아가는 것이 느껴질 정도로 절대만검의 압박이 굉장했다. 이런 한 수를 숨기고 있으리라고는 생각하지 못했지만 부수면 그만이 아닌가!

진자강은 이미 절대만검에 역잔영 혼신법, 촌경까지 사용한 때문에 몸이 버티지 못하고 코피를 터뜨렸다. 범본이 겹겹이 손을 가로막는 귀찮은 검기를 무너뜨리며 진자강의 머리를 잡았다.

콱!

하나 범본의 손이 허공을 움켜쥐었다.

범본의 머리 위에서 핏방울이 떨어졌다. 범본이 위를 쳐다보며 양팔을 들었다.

코피를 흘리는 진자강의 잔상이 남아 있었다.

아차 싶은 순간에, 아래에서 막대한 검기가 솟구쳐 올랐다.

자오성이 정점에 오르면 고정검기가 어그러진 공간을 추슬러 본래의 모습으로 되돌린다.

그것이 절대만검이다.

절대만검의 마지막 고정검기가 범본의 가랑이 사이에 꽂혔다.

고정검기는 곧 산산이 부서져 나갔지만 범본은 매우 기이한 감각에 휩싸였다. 마치 그래서는 안 될 것이 되어 버린 것처럼.

진자강이 아래에서 칼을 들이밀었다. 범본의 회음혈을 직접 작하신검으로 쑤셨다.

콱! 콰악!

진자강은 너무 무리하여 눈에 실핏줄이 터지고 코피가 줄줄 흘러내리고 있었다. 입안에도 피가 가득 들어차 있었다.

그런 몰골로 진자강이 중얼거렸다.

"천조…… 섬절!"

범본은 벼락이 거꾸로 들이친 것처럼 사타구니에서부터 머리끝까지 전율이 일었다. 전신이 찢기는 듯한 충격과 고통을 받았다. 범본은 얼굴을 온통 일그러뜨리곤 진자강을 걷어찼다.

"크하악!"

범본의 거력이 작하신검의 검신을 부러뜨리고 진자강의 늑골에까지 박혔다. 진자강은 쭉 날아가 벽에 처박혔다.

범본은 급하게 정신을 차리며 고개를 내저었다. 목덜미에 소름이 돋아 있었다.

방금 무슨 일이 벌어졌는가, 의아해하며 급히 몸을 점검했다.

다행히 금강불괴는 깨지지 않았다.

속이 매우 불편하고 기분이 울렁거렸지만 별다른 이상이 없었다.

범본은 안심하여 낮은 한숨을 내쉬었다.

그러나, 바짓가랑이 사이에 이상한 것이 보였다.

바지에서 붉은 점이 점점 크게 물들기 시작했다.

피……?

당황스러워하는 범본을 향해 진자강의 목소리가 들려왔다.

"왜…… 이번엔 아팠습니까?"

진자강이 부러진 작하신검으로 벽을 밀고 나와 비틀거리며 선 후, 범본에게 송곳니를 드러내었다.

"그럼 이제 시간이 된 겁니다. 당신이 피눈물 흘릴 시간이."

범본은 믿을 수 없다는 듯 자신의 가랑이를 내려다보았다.

출혈은 아주 조금이었다. 묻어난 정도에서 그쳤다.

그러나 공격에 의한 출혈이 있었다는 자체가 믿지 못할 일인 것이다.

뜨끔!

돌연 회음혈 부근에서 통증과 함께 개운한 감각이 느껴졌다.

회음혈 주변의 기혈들이 오랜 잠에서 깨듯 푸들푸들 떨렸다.

범본은 모골이 송연해졌다.

이 느낌은 아주 오래전, 내공을 처음 익혀서 기혈이 타통될 때의 그 느낌이지 않은가!

오랫동안 막혀 있던 회음혈에…… 기가 통하기 시작했다!

회음혈이 되살아나고 있다.

살점째로 덜어 냈으니 회음혈이 그 자리에서 그대로 생겨날 수는 없다. 대신 주변의 혈들이 거미줄처럼 엉겨 붙으며 회음혈의 역할을 하였다.

일부러 큰 물길을 막아 놓았더니 옆으로 작은 물길들이 여럿 생겨난 것과 마찬가지다.

회음혈의 역할이 되돌아온다는 증거는 신체의 변화로도 나타났다.

하초에 피가 몰리며 오랫동안 잊고 있던 욕정이 솟았다.

욕정이 생겨난 것도 당황스럽지만 그보다 더 심각한 문제가 있었다.

그것은 없애 버린 조문이 타격을 받은 채로 회복되고 있다는 뜻이고, 그것은 곧 금강불괴의 불완전함을 의미한다.

엉겨 붙어 생겨난 대체 회음혈, 그곳을 통과한 기들은 손상된 채로 전신에 번지고 있었다…….

범본의 안색이 급격히 나빠졌다.

"소승에게…… 무슨 사공을 쓴 것입니까?"

"정상으로 되돌렸습니다."

"헛소리하지 마십시오!"

범본은 불안하여 목소리마저 흔들렸다.

"정상으로 돌아왔음에 분노한다는 건, 이제껏 당신이 비정상으로 살아왔다는 겁니다."

진자강이 범본의 가슴을 향해 침을 던졌다.

범본은 무심코, 당연하게도 가슴으로 날아드는 침에 대한 반응을 하지 않았다. 금강불괴일 때부터 든 습관이다. 막을 가치가 없는 것은 신경도 쓰지 않았다.

빠르게 날아온 침이 조금의 변화도 없이 그대로 범본의 왼쪽 가슴을 찔렀다.

"……!"

범본의 얼굴이 일그러졌다. 가슴이 찌릿거리면서 통증이 전신으로 퍼졌다. 송곳으로 몸을 후벼 파는 듯했다.

범본은 본능적으로 가슴을 붙들었다.

"큭!"

통증 때문에 머리가 하얘지는 기분이 들었다.

금강불괴가 된다고 감각이 통째로 사라지는 것은 아니다. 압각은 그대로 느끼되, 살갗이 뚫리거나 베이지 않고 냉기와 열기가 침입하지 못하므로 깊은 통증이 느껴지지 않을 뿐이다.

그런데 지금 범본은 전신이 꿰뚫리는 듯한 깊은 통증을 느꼈다.

실로 오랜만에, 그것도 극한까지 다다른 통증이었다.

천조섬절!

손이 저릿거렸다. 손끝이 아려 왔다.

범본은 손을 흔들어 털었다.

발끝도 마찬가지였다. 발끝을 개미가 갉는 듯한 느낌에 불쾌감이 치밀었다.

신체의 말단에서부터 금강불괴가 균열되기 시작했다…….

범본은 눈을 부릅뜨고 진자강을 노려보았다.

"이게 대체 무엇입니까!"

진자강이 고개를 삐딱하게 옆으로 누이고 되물었다.

"아귀왕이 누굽니까?"

범본이 이를 드러냈다.

"권주를 마다하고 벌주를 마시겠다는 겁니까?"

"중 된 자가 술을 권하니 정신이 제대로 박힌 자라면 거절해야 하는 겁니다만."

윽!

범본이 이를 악물었다.

진자강은 그런 범본을 조소했다.

"많이 급해진 모양입니다?"

범본이 주먹을 쥐고 내공을 끌어 올렸다.

으드득.

범본은 돌이 갈리는 것처럼 이를 갈며 진자강을 향해 몸을 날렸다.

부우웅!

진자강이 다친 무릎을 절뚝거리며 옆으로 몸을 피했다. 범본이 휫친 주먹이 일으킨 파공이 진자강의 뺨 실핏줄들을 터뜨렸다. 바늘로 수십 번을 찌른 것처럼 실 피가 새었다.

진자강은 바닥을 굴러서 작하신검을 찍고 일어섰다.

그러나 진자강은 묘한 표정으로 웃었다.

범본이 팔을 들어 올렸다.

"크…… 읏!"

팔꿈치에 침이 살짝 걸려서 덜렁거리고 있었다. 깊이 박힌 것은 아니고 아주 살짝 꽂혀서 팔을 들자 절로 떨어졌다.

그러나, 그것만으로도 이미 상황은 묘해졌다.

"조금씩, 박혀 드는군요."

진자강의 말이 범본을 소름 끼치게 했다.

범본의 머리에 핏줄이 울긋불긋 돋았다. 살기가 충천해서 찌를 듯 쏘아져 나왔다.

범본의 표정은 점점 더 살기로 일그러졌다. 흥분하여 숨도 거칠어졌다.

"소승을 여기까지 몰아넣은 것은 휜마신 이후로 독룡 시주가 처음입니다. 그러나, 소승은 아직 무너지지 않았습니다."

범본이 떡 벌어진 가슴을 더욱 활짝 펴고 소리 질렀다.

"소승은 금강불괴! 시주의 공격이 먹히지 않는 것은 여전히 마찬가지입니다. 소승은 알고 있습니다! 금강불괴가 먼저 사라질지, 시주가 지옥으로 떨어지는 게 먼저일지!"

진자강이 물었다.

"지옥 가 본 적 있습니까?"

범본이 대답하지 않자 진자강은 절뚝거리면서 범본에게 다가갔다.

난장판 속에 뿌려 놓았던 독분이며 부서진 나무의 가루 같은 것들이 진자강이 걸음을 옮길 때마다 풀썩거리며 연기처럼 피어올랐다.

진자강이 살기등등한 얼굴로 웃었다.

"지금부터는 여기가 지옥입니다."

"갈(喝)!"

범본의 몸이 둘로 갈라졌다. 무릎이 박살 난 진자강은 신법을 제대로 쓰지 못한다. 진자강의 약점을 범본이 먼저 공략한 것이다.

둘로 나뉜 범본이 진자강의 오른쪽에서 호권으로 진자강의 머리를 치고, 왼쪽에서는 진자강의 멀쩡한 쪽 무릎을 발로 찼다.

진자강은 피할 생각도 하지 않았다.

"시주의 허세가 시주를 죽음으로 몰아넣을 것입니다!"

순간 진자강이 날아드는 범본의 발목을 손으로 짚었다.

범본의 발목이 크게 꺾이면서 발이 옆으로 튕겨 났다.

뚝!

진자강의 중지도 반탄력에 아예 부러졌다.

진자강의 머리를 치던 범본의 잔상이 사라지고 범본이 휘청거리면서 제자리에서 몇 번이나 빙글빙글 돌았다. 겨우 중심을 잡고 발을 디뎠는데 발목이 꺾였다. 발목을 접질려 비틀거렸다. 범본의 얼굴이 고통으로 일그러졌다.

금강불괴가 되면서 강해진 근골이 촌경의 충격을 못 이겨내고 꺾이다니.

금강불괴가 깨어진다……!

하나 범본은 진자강의 중지가 덜렁거리는 걸 보았다. 범본은 발목을 접질렸을 뿐이지만 진자강은 한쪽 손의 손가락 끝이 모두 부러졌고 반대쪽 손도 중지가 부러졌다. 작하신검마저 반 토막이 났다. 검도 겨우 붙들고 있는 것처럼 보인다.

누구의 피해가 더 큰지 따져 볼 것도 없다.

"다음에는 무엇으로 버티겠습니까?"

범본이 진자강을 비웃는 말을 던졌다. 그러나 진자강은 조금도 표정이 변하지 않았다.

범본이 접질린 발목을 돌려서 통증을 흐트러뜨린 후 바닥을 박찼다.

쾅! 가뜩이나 엉망이 된 바닥이 박살 났다. 범본이 벼락처럼 날아들어 진자강을 찼다.

진자강은 어깨로 범본의 발을 받아 내며 부러진 중지를 세 손가락으로 잡고 검지로 범본의 복부를 손가락으로 짚었다.

펑!

진자강과 범본이 동시에 튕겨 났다.

진자강은 몇 바퀴나 굴렀다. 어깨가 빠졌다.

그에 비해 범본은 바닥을 두어 번이나 굴렀지만 멀쩡하게 일어났다.

한데 일어난 순간 헛구역질이 나왔다.

"커억! 컥!"

촌경의 파괴력이 몸 내부로 파고들어 내장이 흔들렸다. 금강불괴가 충격을 아까만큼 반감시키지 못하여 내부 기혈이 들끓었다.

그러나 속이 울렁거렸을 뿐 아직까지 큰 피해는 없다.

진자강은 기둥에 어깨를 박아 끼워 맞추었다. 그러곤 또다시 태연하게 범본을 쳐다보았다.

오히려 범본이 해야 할 말을 진자강이 던졌다.

"아직 견딜 만한가 봅니다?"

범본은 고함을 질렀다.

"그대가 언제까지 여유로울 수 있을 것 같습니까!"

범본은 번개처럼 달려가 진자강의 가슴을 호조로 할퀴었다. 가슴이 찢기면서 대량의 피가 튀었다. 진자강은 가슴을 내어 주고 동시에 작하신검으로 범본의 얼굴, 그것도 눈 바로 밑 가장 약한 부분을 찍었다. 그러곤 힘껏 긁어내렸다.

찌익!

"크으으윽!"

범본이 눈을 감싸 쥐고 뒤로 물러났다.

빨건 줄이 눈 밑에서부터 뺨을 지나 턱까지 쭉 그어졌다. 살갗이 긁혀 얼핏 피까지 비쳤다.

통증에 얼굴이 화끈거렸다. 눈에 눈물이 찼다.

물론 진자강은 그보다 훨씬 더 심각한 상처를 입고 두어 걸음을 물러섰다.

"많이 아파 보이는군요. 왜, 너무 오랜만이라 고통을 잊고 있던 것 아닙니까?"

정작 더 다친 진자강은 다친 사람이 맞나 싶을 정도로 표정 변화가 없다.

범본은 이상한 생각이 들었다.

크게 다친 것은 진자강이고 자신은 겨우 얼굴이 긁혔을 뿐이다. 그런데 왜 진자강은 고통스러워하지도 않고 아무렇지 않은 얼굴을 하고 있는가?

순간 진자강이 외발로 돋움을 해 범본의 코를 머리로 받았다.

쾅!

오히려 진자강의 깨진 머리에서 피가 분출했다. 범본의 얼굴이 진자강의 피로 범벅이 되었다.

"크아아!"

범본은 고개를 젖혔다가 철두공으로 진자강의 어깨를 박았다.

진자강이 어깨를 맞고 바닥으로 엎어지며 범본의 엄지발가락을 작하신검으로 찍었다.

범본은 정신이 번쩍 들 정도로 고통을 느꼈다. 발가락에 금이 간 것 같았다.

끅!

범본이 눈이 찢어질 정도로 치켜뜨고 이를 악물었다. 너무 심한 통증에 잠깐 몸이 굳었다. 진자강은 한 번 더 범본의 발가락을 찍었다.

"크아악!"

범본은 발을 제대로 딛지 못하고 껑충껑충 깽깽이걸음을 하였다. 진자강은 그것마저도 놓치지 않았다. 지독하게도 계속해서 따라와 다른 발의 발등을 찍었다.

범본은 어쩔 수 없이 고통을 참고 엄지발가락을 다친 발로 진자강을 걷어차야 했다. 진자강이 맞고 나동그라졌지만 범본도 스스로 아픈 발가락으로 찼기 때문에 발을 절룩거리며 제대로 서지 못했다.

걷어차인 진자강이 천천히 몸을 일으켰다.

"그래. 그렇게 참고 하는 겁니다. 잘하고 있습니다."

범본은 눈을 치켜떴다.

"소— 승에게 감— 히— 훈계 따위를—!"

진자강이 바닥을 구르면서 범본의 발가락을 또다시 찍어왔다. 범본은 말 그대로 화들짝 놀라서 발을 뺐다.

발을 뺀 순간, 자신이 공격을 받지 못하고 피했다는 사실에 등골이 오싹해졌다.

기분이 싸해졌다.

진자강이 위를 올려다보며 서늘하게 웃었다.

일순간 범본은 세상이 멈춘 듯한 기분이 들었다.

말려들었다!

자신만큼은 당하지 않을 거라 생각했는데 결국 진자강에게 말려들고 말았다!

범본은 기억하고 있었다.

꼼꼼하고 빈틈없기로 알려진 천하의 염왕이 진자강의 말 몇 마디에 무너졌다는 사실을.

"염왕이 독룡의 언변에 자신의 감정을 못 이기고 주화입마했다 하더니…….”

자기도 모르게 중얼거린 범본의 말에 진자강이 고개를 저었다.

“틀렸습니다. 염왕을 격침시킨 것은 몇 마디 말이 아니라 ‘정당성’ 입니다.”

“정…… 당성?”

“타인의 위에 서고자 하는 자. 타인을 교화하여 올바른 길로 인도하고자 하는 자!”

진자강이 불타는 듯한 눈으로 범본을 쳐다보았다.

“그런 의무를 진 자들은 누구보다도 스스로에게 엄격해야 합니다.”

진자강의 이글거리는 눈빛이 범본의 눈을 통과하여 전체를 장악하고 있었다. 범본은 항변이 나오지 않았다.

진자강이 말했다.

“우습지 않습니까? 자신의 고통도 이겨 내지 못하는 자가 타인의 고통을 포용하겠다는 것이. 세상을 구하겠다는 것이!”

범본은 전신에 소름이 돋아서 드러난 상체며 팔이 오돌토돌했다.

눈을 치켜뜨고 이를 악물었다.

이대로 밀릴 수 없었다.

범본이 사자후로 외쳤다.

"마귀여, 물럿거라! 간사한 혓바닥으로 구도자를 어지럽히지 말라!"

심후한 내공이 전각을 통째로 흔들었다. 이미 부서진 기둥들 때문에 삼 층의 전각이 위험하게 기우뚱거렸다.

부스스스, 천장과 대들보에서는 오래된 먼지가 쏟아지고 발밑에서는 흙먼지가 거꾸로 피어올랐다. 아지랑이처럼 위아래의 흙먼지들이 뒤엉키며 서서히 원을 그리고 돌았다.

범본의 내공이 만들어 낸 기현상이었다.

그러나 범본은 후회했다.

사자후의 끝에 목소리가 떨리는 것을 감추지 못했다.

오히려 불안해하고 있다는 것을 드러내고 말았다.

진자강이 알아채지 못했을 리가 없다.

범본의 등에 식은땀이 맺혔다.

진자강은 그런 범본의 생각을 꿰뚫어 본 것처럼 단호하게 소리쳤다.

"인생난득(人生難得)!"

진자강의 말에 범본은 얼굴이 일그러졌다.

인생난득은 세간에서 흔히 쓰이는 말이다. 누군가 농으로라도 세상 참 살기 힘들다고 할 때, 원래 삶은 힘든 것이라고 대꾸하는 투로 쓰인다.

본래는 불문의 득생인도난 생수역난득(得生人道難 生壽亦難得)에서 나온 말로, 사람으로 태어나는 것은 어렵고 살아가는 것은 더욱 어렵다는 뜻이다.

그리고 그것은…….

"고제(苦諦)……."

범본이 중얼거렸다.

중생의 삶이 고난의 연속인 이유는 생로병사 때문이다. 생로병사로 인하여 괴롭고, 생로병사가 사람이라면 누구나 겪어야 하는 굴레이므로 벗어나지 못해 괴롭다.

이 때문에 중생의 삶은 괴로움 그 자체이므로, 역설적으로 괴로움을 아는 것이 자기 자신의 존재를 나타낸다고 본다.

부처가 보리수나무 아래에서의 고행을 통해 현실 세계가 고난의 세계임을 깨달은 것.

그것이 고제다.

돌연 진자강이 물었다.

"성불도라는 놀이를 들어 보았습니까?"

성불도?

범본은 진자강이 무슨 얘기를 하려는지 알았지만 대답하지 않았다.

진자강이 설명했다.

"성불도의 말판에는 여러 가지 세계가 있어서 극락도 있고 지옥도 있다고 합니다. 주사위를 잘 던져서 그 길들을 통과해 부처를 만나면 성불하여 이깁니다."

무각이 진자강에게 해 주었던 얘기다.

"하지만 부처를 만나기 위해 대오각성하는 칸에 들어가지 못하면 놀이하는 자는 아귀도, 축생도, 인간도, 천상도, 수라도, 지옥도의 여섯 가지 윤회가 이어진 길을 영원히 떠돌아야 합니다."

진자강은 범본의 눈을 똑바로 쳐다보았다.

"한낱 놀이에서도 성불의 길이 이토록 어렵고 힘든 고통일진대, 당신은 편하게 중생을 구도하려 하니 이 얼마나 교만하고 어리석은 생각입니까?"

진자강이 범본을 질타했다.

"중생을 황금이라는 달콤한 미끼로 꾀는 당신이야말로 마귀잖습니까!"

불자가 아닌 진자강이 불문의 대승(大僧)에게 설법을 하는 기이한 모양새가 펼쳐지고 있었다.

범본은 화가 나서 외쳤다.

"닥치시오!"

범본이 진자강을 향해 달려들었다. 범본의 몸이 둘로 갈라졌는데 심하게 흔들리고 있었다. 그만큼 평정심을 잃었다는 뜻이다!

"우오오오오오!"

범본이 일기가성으로 기합을 지르며 날아 진자강을 향해 아픈 발을 내질렀다. 굳이 아픈 발로 공격한 건 마치 '나는 이 정도 고통은 아무렇지 않다!'는 투였다.

그러나 이미 신경을 쓰고 있다는 것 자체가 흔들림을 내보이는 것이었다.

진자강은 이번에도 피하지 않았다.

대신 엄지로 범본의 엄지발가락에 촌경을 작렬시켰다.

뚝! 진자강의 엄지가 부러졌다. 진자강은 팔부터 튕기며 뒤로 나동그라졌고, 범본은 발이 뒤로 튕겨 앞으로 엎어지며 무릎을 꿇었다.

범본이 바로 일어서서 진자강을 추격하려 했다. 그러나 한 발을 내디딘 순간 범본의 입에서 비명이 새어 나왔다.

뚜둑.

금이 가 있던 엄지발가락이 부러졌다…….

금강불괴였던 범본의 발가락이!

범본의 이마에 땀이 배었다.

아프다.

너무 아프다.

이런 고통은 어렸을 적 이후로는 수십 년 만이었다. 익숙하지 않은 고통이 절로 몸을 움츠리게 했다.

범본은 제대로 설 수조차 없어서 절뚝거리며 겨우겨우 중심을 잡았다. 부러진 엄지발가락이 바닥에 닿을 때마다 고통이 머리끝까지 치밀어서 혀가 아렸다.

소림사의 무공은 안정된 하체의 굳건한 자세를 바탕으로 힘을 끌어내는 특징을 가졌다. 자세마다 수시로 진각을 밟는 것도 그러한 연유가 있다. 따라서 초반에 배우는 입문 무공들은 대개 하체 힘을 키울 수 있도록 하체를 많이 쓰게 구성되어 있다.

그런데 하필 거구인 데다가 무겁고, 입문 무공을 장기로 하는 범본이 바닥을 제대로 디딜 수 없게 된 것이다.

적어도 삼 할.

무공을 제대로 발휘하지 못하고 본신의 능력이 최소 삼 할 이상 급감할 것이다. 엄지발가락 하나 때문이라고는 믿을 수 없을 정도로 피해가 막심하다.

우연? 아니, 우연이 아니다.

이것은 전적으로 진자강의 치밀한 계산에 의한 결과.

범본은 스멀거리며 치미는 두려움을 잊기 위해 세차게 이를 갈았다.

빠드득.

범본이 땀이 송골송골 나는 이마를 훔치며 진자강을 노려보았다.

이번엔 똑같이 부러졌다.

그런데 진자강은…….

진자강은 바닥에 팔꿈치를 짚고 일어서더니 어이없다는 듯 범본에게 물었다.

"왜 멀쩡한 다리는 내버려 두고 다친 발로 사람을 차다가 그러고 있습니까?"

범본은 말문이 막혔다.

"그건 그대가……!"

자기도 모르게 변명하려던 범본의 얼굴이 벌게졌다.

"이이…… 이이!"

진자강이 쇄도하여 범본의 다리를 걷어찼다. 평소처럼 천근추로 하체를 무겁게 하고 금강불괴로 버티려던 범본은 엄지발가락의 통증에 깜짝 놀라 힘을 거두었다.

고수들에게 있어 중요한 순간 잠깐의 빈틈은 상대에게 기회가 된다. 진자강은 허둥대는 범본의 발목을 정확하게 질렀다.

빡! 한번 접질렸던 발목인지라 범본이 발을 절룩대다가 또 접질렸다. 진자강이 따라가 또다시 발목을 찼다.

빡! 빠악!

범본이 진자강을 피해 물러나며 발을 감추려고 했다.

금강불괴인 범본이 발이 아파 쩔쩔매게 되리라고 그 누

가 생각했을까.

진자강은 범본이 다친 발을 뒤로 빼 숨기자, 앞다리를 찼다. 범본은 버틸 수밖에 없었다. 차라리 멀쩡한 발을 대신 맞아 버티는 편이 나았다.

진자강은 범본이 안령에게 했던 것처럼 발을 들어서 범본의 발등을 힘껏 밟았다.

그러곤 범본의 가슴을 작하신검의 부러진 끝으로 긁었다.

찌이이익! 범본의 가슴이 길게 붉은 사선이 그어졌다.

따갑고, 뜨거웠다.

고통에 몸이 굳은 범본이 멈칫거리는 사이 진자강은 계속해서 범본의 가슴을 긁었다.

찌이익! 찌이익! 살갗이 벗겨지고 피가 나기 시작했다.

범본은 고통스러워서 몸을 움츠렸다. 진자강은 아까 호조에 긁혀 더 많은 피를 흘리고 있다. 그런데 왜 자신은 겨우 살갗이 벗겨지는 정도로 이렇게 아무것도 할 수가 없는가?

이제는 인정해야 한다.

진자강은 많은 고통을 겪었고, 이런 싸움에 익숙하다. 자신보다 큰 부상을 입고도 태연한 것이 그것을 증명한다.

현실을 인정하고 나니 그제야 범본의 눈에 진자강의 행

동들이 눈에 들어오기 시작했다.

자신의 공격을 피하지 않고 양패구상으로 함께 피해를 입고 있는 건 자신을 겁먹게 하기 위함이다.

진자강의 피해가 훨씬 심각하니 피해를 교환하면 사실상으로는 범본 자신이 훨씬 유리하다.

왜 그것을 모르고 겁을 먹었는가!

범본은 고통을 참으며 고개를 한껏 들었다. 깨져서 피를 줄줄 흘리고 있는 진자강의 머리가 눈에 들어왔다.

금강불괴는 깨지고 있지만 아직 철두공이 있다.

범본은 허리를 완전히 굽혀 진자강의 머리를 박았다.

진자강이 똑같이 피해를 교환하려 한다면, 진자강은 머리가 터져 죽을 것이다!

휙!

진자강은 범본의 철두공을 맞받지 않고 피해 버렸다.

범본은 완전히 중심을 잃었다. 진자강이 범본의 뒷덜미를 잡아 바닥에 처박았다.

쾅! 범본이 엎어졌다. 진자강은 범본의 머리 위에 올라타서 팔꿈치로 범본의 뒤통수를 가격했다.

쾅! 쾅! 쾅!

촌경으로 가격할 때보다 오히려 더 충격이 왔다. 범본은 바닥에 머리를 처박고 정신없이 얻어맞았다.

범본이 양팔로 바닥을 짚고 몸을 일으키려 하였다.

"크아아아!"

순간 진자강이 범본의 손등을 작하신검으로 찍었다.

푸욱!

드디어 작하신검이 손등을 뚫고 바닥까지 박혔다.

범본은 벼락을 맞은 것처럼 몸이 굳었다. 정신을 차리고 반대쪽 팔꿈치로 진자강을 쳤다. 하나 진자강이 슬쩍 몸을 비키자 닿지 않았다. 진자강은 다시금 범본의 뒷머리를 가격했다.

쾅!

범본은 기껏 고개를 들었다가 다시 처박혔다.

"커억……!"

얼굴에 부러진 나뭇조각들이 박히기 시작했다. 범본은 이제 눈도 제대로 뜰 수 없었다. 바닥에 얼굴이 처박힐 때마다 눈꺼풀에도 가시가 찔렸다.

범본이 칼이 박히지 않은 손을 휘저어 진자강을 잡으려 들었다. 진자강이 도리어 범본의 팔을 잡았다. 범본이 어거지로 진자강을 집어던졌다.

진자강이 던져지면서도 끝까지 범본의 손톱 밑에 침을 쑤셔 박았다. 침이 한 치나 파고 들어갔다.

짜르르르르르르!

"……!"

전율.

고통의 전율.

천조섬절이 가져온 극한의 고통.

범본은 전신에 소름이 돋는 것을 느끼며 몸을 잔뜩 웅크렸다. 온몸의 털이 곤두섰다.

"크아아아악!"

침이 꽂힌 손과 칼이 꽂힌 손이 모두 덜덜 떨렸다. 저릿저릿해서 팔다리가 말을 듣지 않았다.

고통에 익숙하지 않은 몸이 이토록 거추장스럽다는 걸, 범본은 깨달았다.

던져진 진자강이 꿈틀거리는 걸 보며 범본은 제발 진자강이 일어나지 않기를 바랐다.

그러나 진자강은 일어났다.

열 개 손가락 중에 몇 개가 부러지고, 어깨가 빠지고, 가슴이 찢어져 피가 줄줄 흐르고, 무릎이 박살 났는데.

진자강은 그래도 일어선다.

이제 범본은 두려워졌다.

진자강이.

"으윽, 으으윽!"

범본의 입에서 연신 신음이 새어 나왔다.

진자강은 아직 엎드려서 일어나지 못하고 있는 범본에게 말했다.

"그 자리에서 벗어나는 법을 알려 드리겠습니다."

범본은 듣고 싶지 않았지만 귀가 솔깃해졌다.

"박힌 손등에서 칼을 뽑고, 손톱 밑에서 침을 뽑으십시오. 부러진 발가락을 자르고. 그리고 일어나면 됩니다. 고통은 더 심해지겠지만 자유롭게 움직일 수 있습니다."

진자강의 말만 들으면 천하에서 제일 간단하지 않은가!

범본은 자신이 왜 그 생각을 하지 못하고 내내 당하였는지 알 수가 없다.

진자강이 그 답을 말했다.

"이제껏 대가 없이 살아왔으니까 대가를 치르는 법을 모르는 겁니다."

범본의 눈에 조금씩, 독기가 들어찼다.

"내가…… 소승이 어떤 사람을 살아왔는지 그대가 어떻게 압니까? 어찌 살았는지 알고 그런 말을 하는 것입니까?"

"당신이 살아온 행적이, 현재의 모습이 당신의 과거를 말해 주고 있습니다."

범본은 마침내 폭발했다.

"크아아아아!"

손등이 칼에 꽂힌 채로 몸을 일으켰다. 부러진 발가락으로 땅을 딛고 일어서서 포효했다.

"나는—! 나는— 잘못하지 아니하였다—! 내 삶은 잘못되지 않았다—!"

그러나 그 순간.

범본의 코에서 코피가 퍽 터져 나왔다.

보통의 코피가 아니라 누런 고름이 섞였다. 끈적한 피고름이 느릿하게 입술을 타고 흘렀다.

"그륵……."

눈에도 피가 들어차고 허파와 목에서는 가래가 끓었다.

범본의 눈빛이 탁해졌다.

벽독.

독이 침입하지 못하는 금강불괴의 공능.

마침내 그것마저 무너졌다.

第二章
아귀

범본은 코피를 손으로 닦아 눈으로 확인했다.

통상적인 외부의 충격으로 인한 코피가 아니라 내부가 상해서 흘러나온 농혈(膿血)…….

바닥에 처박히면서 수많은 독분을 무의식적으로 흡입했다. 뿐만 아니라 몸에 난 상처를 통해서도 진자강의 혈독이 흘러들어 와 기혈을 잠식한 상태였다.

그것이 아까까지만 해도 금강불괴였던 몸을 더욱 빠르게 붕괴시키고 있었다.

욱……!

범본이 헛구역질을 하더니 카학! 하고 덩어리진 피를 토했다. 핏덩이에 누런 고름이 섞여 나왔다.

진자강은 독공의 고수이고 매우 치밀하게 판을 짠다. 사소한 것 하나에까지 주의를 해야 했다. 몰랐던 것도 아니고 이미 여러 경로의 정보를 통해 알고 있는 상태였다. 금강불괴가 깨졌더라도 주의했다면 침독(侵毒)을 피할 수 있었다.

그러나 금강불괴가 된 후로 범본은 독을 두려워해 본 적이 없다. 초반에 진자강의 독이 통하지 않는 걸 확인한 이후, 독을 무시했다.

그 대가로…… 범본은 이제 중독의 고통마저도 겪고 있는 것이다. 전신, 몸 안의 기혈에 수만 마리의 개미가 들어찬 것 같았다.

까드득까드득. 까드득까드득.

귓가에 개미들이 내장을 갉는 소리가 들려오는 듯하였다.

범본은 간지러움에 몸부림치다가 이를 악물었다.

"세상을…… 세상을 구원하겠다는 소승의 생각이 잘못된 것입니까?"

진자강이 범본을 빤히 바라보았다.

범본이 다시 물었다.

"무지몽매한 중생들을…… 간곡하게 설법해도 자신에게

이득이 되지 않으면 움직이지 않는 이기적인 중생들을……
칼로 어르고 황금으로 달래며…… 그렇게 구원하겠다는 소승의 생각이…… 잘못되었습니까?"

"왜 나를 말로 설득하려 합니까? 섭수종도 절복종도 없다. 그런 이유로 절복종을 무력으로 누른 사람이 당신입니다."

진자강의 대답에 범본의 얼굴이 일그러졌다.

범본은 작하신검이 박혀 피 묻은 손을 들어 주먹을 쥐었다. 칼날이 박힌 채라 손바닥이 더 심하게 찢어지기 시작했다. 주먹을 쥐다 말고 포기했다. 고통으로 손을 부들부들 떨었다.

범본의 민머리가 완전히 식은땀으로 덮였다.

후욱 후욱!

범본이 거칠게 호흡을 하며 이를 악물었다. 오만상을 찌푸렸다. 그러곤 힘껏 주먹을 쥐었다.

주먹이 쥐어졌다. 그러나 뼈가 갈리는 소리와 함께 작하신검이 범본의 손가락 사이를 찢고 튀어나와 바닥에 떨어졌다.

범본은 떨리는 손으로 주먹을 쥐었다 폈다. 찢어진 상처에서 피가 흐르다가 점점 부어오르더니 고름이 섞였다.

범본은 이를 씹으며 고통스럽게 말했다.

"하룻밤에 생각하고 잠시간에 결정하여 오늘에 이른 것이 아닙니다. 소승, 그렇게 함부로 살아오지 아니하였습니다. 지금의 결론에 이르기 위해 수많은 밤을 번민하고 고뇌하였습니다. 그런데…… 그런데!"

그러곤 엄지발가락이 부러진 발을 힘차게 굴렀다.

빠직! 부러진 엄지발가락이 진각의 힘에 꺾였다.

범본은 고통 때문에 입을 벌리며 소리 없는 비명을 질렀다.

금방이라도 쓰러질 것처럼 다리를 후들후들 떨다가 미친 듯이 진각을 밟았다.

쾅 쾅쾅!

엄지발가락이 거칠게 찢겨 떨어져 나갔다.

"……!"

범본은 무릎이 접혀 거의 무릎을 꿇기 직전에까지 이르렀다. 그러나 안간힘을 쓰며 버텼다. 다리가 덜덜덜 떨렸다.

범본은 얼굴이 온통 땀범벅이 되어 참았다.

그러다 번쩍 눈을 떠 소리를 질렀다.

"그런데! 그런데— 감— 히!"

범본은 고통 때문에 완전히 일그러진 얼굴로 재차 발을 굴러 진자강에게 쏘아져 나갔다.

콰앙!

"어디서 튀어나왔는지도 모르는 천둥벌거숭이에게 소승이— 쓰러질 것 같소이까—!"

범본이 손가락을 펼쳐 여래신장(如來神掌)을 펼쳤다. 커다란 손바닥이 진자강을 덮쳤다. 진자강은 외발로 땅을 차 뒤로 물러났으나 여래신장의 손바닥이 길게 늘어나며 진자강을 쫓아왔다. 진자강이 뒤쪽 기둥을 팔뚝으로 치고 옆으로 돌았다.

빼억! 기둥의 아래위가 크게 꺾이며 여래신장이 기둥의 가운데를 통째로 날려 버렸다.

쿠구구구…… 전각이 쓰러질 듯 격동하며 흔들렸다.

진자강은 공중에서 빙글 돌면서 날아오는 범본의 옆구리를 뒷발로 찼다.

깨진 바닥에 처박힌 범본이 한쪽 무릎을 꿇고 엉거주춤 일어섰다. 온몸의 통증 때문에 얼굴에서 땀이 뚝뚝 떨어졌다.

범본은 무릎을 꿇은 채 이를 부서져라 갈곤 수인을 맺었다. 한 손은 엄지와 검지, 다른 손은 엄지와 중지를 접은 전법륜인(轉法輪印)이다. 전법륜인을 맺어 손바닥을 위아래로 마주 보게 했다. 전법륜인의 가운데에서 공기가 크게 휘몰아쳤다. 범본이 전법륜인을 앞으로 쭉 뻗었다.

둥그렇게 휘몰아치는 장력이 파상적으로 허공을 가르며 진자강에게 쏟아졌다.

콰지지직! 걸리는 모든 것이 산산조각 났다. 기둥의 잔해든 탁자나 기물이든 잘게 쪼개져 흩어졌다.

전법륜인이 지난 자리가 백보신권이 지난 것처럼 뻥 뚫렸다. 자잘한 먼지들이 해무(海霧)처럼 자욱하게 피었다.

범본은 피가 들어찬 눈을 비볐다. 진자강이 보이지 않았다. 아직도 기감이 방해를 받고 있어서 눈과 귀에 의존하지 않으면 진자강을 찾을 수가 없었다.

진자강은…… 부서진 바닥의 구덩이에서부터 먼지 사이로 서서히 고개를 들고 일어났다. 구덩이로 몸을 숙여 전법륜인을 간단히 피해 버렸다.

부르르르.

범본은 떨리는 손을 내려다보았다. 작하신검이 박혔던 손등은 구멍이 계속 커지고 있었고, 독침이 박혔던 손끝은 살점이 녹아 문드러져서 뼈가 드러났다.

곡식을 담은 자루를 쥐가 쏠아 낟알이 새어 나오는 것처럼, 범본의 전신에 난 상처들에서도 쉴 새 없이 피고름이 흘렀다. 잠깐 서 있는 동안 발밑에 피고름의 웅덩이가 생겨 있었다.

죽음이 다가온다.

눈도 손상이 심해져 침침해졌다. 범본은 이제 무엇을 해야 할지도 알 수가 없었다.

"……십시오."

범본이 말했다.

"이제 끝내십시오……. 그러나 귀하는 결코 소승의 신념을 꺾지 못할 것입니다."

진자강이 조용히 답했다.

"대사의 신념을 꺾어서 뭐에 씁니까. 그 몸뚱이나 내놓으면 됩니다."

범본은 그 와중에도 진자강의 날 선 말투가 신경 쓰이는 자신이 어이가 없었다.

"소승의 육체로…… 보시하기를 원합니까? 그러나 그것마저도, 귀하는 할 수 없을 것입니다."

"내가 아닙니다."

진자강이 누군가에게 말을 건넸다.

"금강불괴는 깨졌습니다. 할 수 있겠습니까?"

"무얼 하고 계십니까? 누구에게 말하는 것입니까."

진자강은 위를 가리켰다. 범본이 피가 찬 눈을 끔벅거리며 고개를 들었다.

안령이 구멍이 뚫린 천장에서 뚝 떨어져 내렸다. 도를 겨드랑이에 끼우고 칼등을 팔뚝으로 누른 채 부러진 손가락으로 손잡이를 잡고선, 떨어져 내리는 힘으로 범본의 머리를 갈랐다.

그러나 힘이 부족했는지 머리를 쪼갤 수는 없었다. 뒤통수에서부터 등줄기를 타고 도가 쭉 그어졌다. 범본의 등이 쩍 갈라졌다.

범본은 몸이 굳었다.

날카롭게 베인다는 게 어떤 느낌인지 확실히 알게 되었다.

진자강이 부러진 검으로 찢을 때엔 따갑고 아팠는데, 지금은 좀 달랐다. 처음엔 아무렇지 않다가 참을 수 없이 뜨거워지더니 베인 상처가 통으로 먹먹해졌다.

"나무아미타불…… 관세음……."

범본의 불호조차 듣기 싫다는 듯 떨어진 안령이 몸부림을 치며 범본을 찼다.

범본의 거대한 몸이 기울어 앞으로 넘어갔다.

쿠 웅……!

범본의 몸이 쉴 새 없이 경련을 일으켰다.

안령은 눈물을 흘리며 이를 갈았다. 범본을 완전히 끝장내고 싶어도 더는 움직일 수 없었다.

안령을 잠시 바라보던 진자강이 내공을 담아 소리쳤다.

"영귀!"

기둥이 다수 손상된 황학루는 금방이라도 무너질 듯 흙먼지를 쏟아 내며 흔들렸다.

푸스스스!

"영귀!"

*　　*　　*

영귀와 손비는 나한승들이 찾고 있는 것을 알자 따로 떨어졌다.

손비는 최대한 나한승들을 유인하여 황학루에서 멀찍이 떨어뜨렸다. 그것이 진자강에게 최대한 도움이 되는 일이라는 걸 알고 있었다. 나한승들이 손비를 쫓아가는 동안, 영귀는 은신하여 한 명씩 처리했다.

그런데.

나한승을 처리하다가 섬뜩! 갑자기 소름이 돋았다.

어마어마한 살기가 느껴졌다.

그것은 황학루에서 온 것이 아니라 반대편에서 뿜어지는 살기였다.

대불과 진자강이 아닌 또 다른 제삼자가 이 정도의 살기를 뿌려 낼 수 있는지 의심스러울 만큼 엄청난 존재감이었다.

무언가…… 가까이 오고 있었다!

이 인근을 모두 뒤엎을 정도의 가공할 살기를 뿌리면서!

스스로의 존재감을 감추지 않고 이리 다가오는 건 그 의도가 명확한 것이었다.

위험하다.

영귀는 곧바로 황학루로 내려왔다.

멀리에서만 보아도 황학루에서 얼마나 심한 싸움이 벌어지고 있는지 알 수 있었다. 계속해서 황학루 전체가 흔들리며 기왓장들이 떨어지고 있었던 것이다.

영귀는 진입의 기회를 엿보았다.

"영귀!"

때마침 진자강의 목소리가 들려왔다.

영귀는 주저 없이 일 층으로 뛰어들었다. 들어서자마자 독기가 훅 밀려들었다.

입을 막고 바로 안쪽의 상황을 확인했다.

일 층은 완전히 초토화되어 있고 기둥이 부서져 무너지기 일보 직전이었다.

그 한가운데에 범본이 쓰러져 있었고, 진자강은 범본을 내려다보며 기둥에 몸을 기대어 있었다.

"모시겠습니다!"

영귀가 진자강에게 달려갔다. 진자강의 상태는 얼핏 보기에도 매우 심각했다.

그러나 진자강은 고개를 틀어 옆으로 시선을 가리켰다.

바닥에 널브러져 숨만 겨우 붙어 있는 안령이 있었다. 뼈마디들이 심하게 부러진 데다 중독까지 되어 있어 살 수 있을 것처럼 보이지 않았다.

영귀는 설마, 하는 눈빛으로 진자강을 쳐다보았다. 진자강이 끄덕였다.

"살릴 수 있습니다."

"안 됩니다."

"고칠 방법은 본인이 알 겁니다. 살릴 수 있습니다."

"뭔가 오고 있습니다! 빨리 피해야 합니다!"

"알고 있습니다."

진자강의 감지력은 매우 예민하다. 영귀가 안 걸 진자강이 모를 리 없다.

"그리고 그게 무엇인지도 압니다."

"알면서 왜 그래요? 둘 다 부상이 큽니다. 둘 모두를 데리고 달아날 수는 없어요!"

"영귀. 내 말을 잘 들으십시오."

진자강은 영귀가 해야 할 일을 일러 주었다. 영귀는 아랫입술을 꽉 물었다.

"어째서 당신은……."

"이제 다 왔습니다. 여기서 물러나면 다시 처음부터 가야 합니다."

영귀는 왜 그렇게 늘 위험을 자초하느냐고 묻고 싶었다. 그러나 진자강은 원래가 그런 사람이다. 그래서 강한 사람이다.

영귀는 진자강의 말을 따르겠다고 고개를 끄덕였다.

*　　*　　*

황학루에서 그림자가 밖으로 뛰쳐나갔다.

근처를 경계하던 나한승 두 명은 그림자를 쫓지 못했다. 아홉 중에 다섯은 손비를 쫓아갔고 넷 중에 둘은 영귀에게 죽었다. 그리고 남은 둘도 다가오고 있는 막대한 살기를 느꼈다.

황학루의 안에 있는 장문이 걱정되지 않을 수 없었지만 함부로 들어갈 수는 없었다. 기감을 최대한 펼쳐도 황학루 안쪽은 무언가의 방해를 받아 기감을 느끼기 어려웠다. 무슨 일이 벌어지고 있는지조차 알 수가 없었다.

고민하는 사이 살기가 점점 더 가까워져 왔다.

나한승 둘은 서로를 쳐다보곤 우선 입구를 지키기로 했다.

살기가 점점 빠르게 다가오더니 마침내 황학루의 앞까지 도달했다.

뜻밖에도.

그들의 앞에 나타난 것은 거대한 마차였다.

쿠구구궁!

마차의 육중한 바퀴가 멈추었다.

푸르르, 말들이 투레질을 했다. 갓을 쓴 마부가 마부석에서 나한승을 내려다보았다. 마부의 눈빛은 무덤덤했다. 사방이 난장판이 되어 있는데 눈빛에 호기심이나 궁금함이 없는 건 매우 기이한 일이다. 심지어 소림사의 나한승들을 정면으로 바라볼 수 있다는 것도 평범하진 않았다.

마부가 내려 마차의 문을 열었다. 소리도 없이 문이 열렸다.

나한승들은 심상치 않음을 느끼며 문을 쳐다보았다.

건부터 장포까지 윤택이 흐르는 최고급의 묵색 비단으로 지어 입은 노인이 걸어 나왔다. 단이 높은 마차에서 내려오는데 걸음이 깃털처럼 가벼웠다. 조금의 소음도 없고, 어깨도 흔들리지 않았다. 뚝 떨어지듯 바닥을 내려와 송곳 같은 걸음으로 황학루를 향했다.

나한승 둘이 노인을 막았다.

노인이 턱을 들어 나한승들을 내려다보듯 응시했다. 비켜나라거나 물러나라는 말은 전혀 하지 않았다. 그런데도 나한승들의 발이 질질 끌렸다. 노인의 소매가 나풀거리고 있었다. 언제인지도 모르게 암경을 뿜어 나한승들을 치우고 있었던 것이다.

나한승들은 내공을 끌어 올리고 천근추로 자세를 잡았다.

"물러나시오!"

노인의 눈빛은 극히 차가웠다. 사람이 사람을 보는 눈빛이 아니라 더러운 오물을 보는 듯하였다. 그것이 나한승들을 더욱 소름 끼치게 했다.

"물러나라고 말했……!"

나한승이 말하는 순간 머리가 돌아갔다.

우두둑!

장포 속에 있던 노인의 손이 허공으로 나와 있었다. 옆의 나한승이 기겁하여 곤으로 노인을 찔렀다. 노인이 반대 방향으로 손을 휘저었다. 노인의 손에 걸린 곤과 나한승의 머리가 함께 돌았다.

우둑.

마부가 마차의 뒤에 싣고 있던 커다란 궤짝을 짊어지고 나왔다.

노인은 묵직한 궤짝을 넘겨받고 황학루의 정문으로 서슴없이 걸음을 옮겼다.

노인이 황학루의 앞에서 잠깐 미간을 찌푸렸다.

잡물들이 있어 기감이 매우 지저분하였다. 게다가 공기 중에 떠다니는 독기가 매캐하여 기분을 나쁘게 했다. 노인은 호흡을 골라 독기가 들어오지 않도록 주의하며 정문으로 들어갔다.

마부는 말을 묶곤, 으레 있는 일이라는 듯 양손을 공손히 모은 채 바깥을 경계하며 호법을 섰다.

*　　*　　*

범본이 이질적인 느낌에 눈을 떴다.

촤악, 촥. 자신의 몸 위로 온갖 향유(香油)들이 뿌려지고 있었다.

눈에 힘을 주려 했지만 앞이 거의 보이지 않았다. 흡혈슬 때문에 기감도 엉망이라 기척으로 알아볼 수도 없다. 그나마 빛과 어둠을 가르는 윤곽선만이 어렴풋했다.

익숙한 노인의 윤곽선이 보였다.

"아아……."

범본의 표정이 밝아졌다.

범본은 목까지 상해서 쉰 목소리로 겨우겨우 그를 불렀다.

"스승님."

범본이 부르는 것은 소림사의 사부가 아니다. 그의 인생에 있어 가장 참된 스승이다.

"스승님이 저 때문에 이곳까지…… 제자가 못난 꼴을 보여 드렸습니다."

범본은 죽어 가고 있었으나, 마지막 순간에 스승을 만난 것에 감격했다.

"그는 제가 잘못 살아왔다고 하였습니다. 말해 주십시오. 저는 잘못 살지 아니하였습니다. 스승님의 말씀을 실천으로…… 누구보다 충실히 따랐습니다."

그러나 노인은 아랑곳하지 않고 범본의 몸 위에 계속해서 향이 나는 액체를 뿌려 댔다.

"스승님…… 스승님. 스승님."

범본은 계속해서 그의 스승을 불렀다.

"제발 한 마디만 말씀하여 주십시오. 스승님의 말씀이 틀…… 리지 않았음을, 제자…… 세상을 구하기 위해 있는 힘을 다하였으니 이제 정토로 갈 수 있다고…… 말하여 주십시오."

범본은 가래가 끓어 걸걸한 목소리로 끊어질 듯 애절하게 말을 이어 갔다.

하나 노인은 범본이 기대하는 것과는 정반대로 말했다.

"닥쳐라."

그 순간 범본은 벼락을 맞은 기분이 들었다.

목소리는 스승의 것과 닮았다. 체구도, 얼굴의 윤곽도 그의 스승이다. 그러나 그는 스승이 아니다.

범본이 괴로운 얼굴로 피를 토하듯 소리쳤다.

"무명노(無名奴)!"

이름 없는 노예.

욕에 가까운 호칭이었으나 노인은 개의치 않았다. 범본이 몸을 일으키려 했다. 만신창이가 된 몸으로 일어서려는 순간 무명노가 손가락으로 범본을 눌러 꼼짝 못 하게 했다. 팔다리가 빳빳하게 굳어 버렸다.

"내가 누구라는 걸 알고 있으니 나를 만난 것이 무슨 의미인지도 알겠지."

"그럼 나를 왜 치료하는 것입니까!"

"치료? 지난 시간 동안 나는 수라혈을 입수하여 온갖 방법을 강구했다. 그러나 수라혈은 벗어날 방법이 없다. 어떤 해약도 불용하다. 수라혈은 당금의 천하에서 가장 지독한 독이다."

무명노가 해법을 포기했다는 것은 정말로 지독하다는 뜻이었다.

"내공이 지극한 자는 미량의 수라혈을 이겨 낼 수 있으나, 전신으로 독이 퍼지면 천하의 누구도 살아남지 못한다. 용이 너도 마찬가지다."

용이는 어렸을 적 범본의 이름이다.

"그럴 리가……!"

"네가 금강불괴로써 독룡을 이겨 냈다면 지금 나를 만날 필요가 없었겠지. 내가 왔더라도 무한에서 되돌아갔겠지."

무명노가 궤짝에서 호리병을 꺼내어 그 안의 내용물을 범본에게 뿌렸다.

촤악.

호리병 수십 개가 빈 채로 굴러다녔다. 많은 양의 약물을 뿌려 바닥이 온통 흥건해져 있었다. 하나같이 고가의 약들이다. 이미 황금 수십 근에 해당하는 양의 약이 범본의 몸에 뿌려졌다.

무명노가 약물을 뿌리며 말했다.

"형님께서도 이번만큼은 매우 심각한 사안으로 인식하셨다. 강호의 일에 직접적으로 개입하지 않는 건 평생을 지켜 온 형님의 불문율이었다. 그러나 형님은 독룡 때문에 그 금기를 깨기로 하셨다. 독룡은 우리에게 있어 최대최악의 적. 결코 살려 둘 수 없게 된 것이다. 물론, 용이 네가 잘했다면 형님이 스스로 금기를 어기실 필요도 없었겠지."

"무명노! 스승님을…… 컥컥! 만나게 해 주시오. 제 잘못을 빌게, 용서를 구하게 하여 주시오!"

"늦었다. 너의 쓰임은 끝났다. 형님께서는 이미 다른 자를 독룡의 대항마로 삼기로 하셨다."

"불가능합니다! 독룡을 이길 수 있는 자가 있을 리가……!"

순간 범본은 무언가를 깨달은 듯 말을 멈추었다. 자신의 몸에 퍼부어지고 있는 수많은 약물들.

그것은 중독되어 죽어 가는 자신을 살리기 위함이 아니었다.

"설마……."

중화시키고 있다?

엄청난 약물들을 써서 내외의 상처를 씻어 내고 있다.

수라혈을 중화하여 독성을 약화시키고 있는 것이다.

그것이 왜겠는가!

범본의 머리에 한 사람이 떠올랐다.

무명노가 말했다.

"운이 좋다면 그자는 약화된 수라혈을 이겨 내고 만독불침이 될 수도 있겠지. 그가 만독불침이 된다면 독룡도 더는 우리에게 방해가 되지 못할 것이다."

범본은 이제 목이 잠겨 말하기도 어려울 지경에 이르렀다. 하나 끝까지 힘을 짜내어 말했다.

"그가…… 그마저도 대항마가 될 수 없다면……!"

"그땐 다시 은거한다. 이제껏 그래 왔듯 수면 아래로 내려가 기다린다. 수십 년, 수백 년이 걸릴지라도."

무명노가 말을 하다가 입을 닫았다.

찌르는 듯한, 불쾌한 마의 기운이 가까워졌다.

"오래 걸렸군."

콰직!

문이 부서지며 산발에 시뻘건 혈기를 내뿜고 있는 검은 그림자가 튀어 들어왔다.

검은 그림자가 손톱을 세우고 울부짖었다.

키야아아아아!

입구에서 마부가 안쪽을 들여다보고 있었다. 무명노가 옆으로 비켜섰다.

그르르르.

굶주린 늑대처럼 백리중이 다가왔다.

백리중이 이를 드러내고 범본을 덮쳤다.

백리중은 범본의 어깨를 물었다가 깜짝 놀라며 고개를 떼었다.

무명노가 백리중의 뒷목을 잡고 힘껏 눌렀다. 어찌나 세게 눌렀는지 백리중의 이가 범본의 단단한 머리통에 박혔다.

콱! 백리중이 버둥거렸지만 무명노의 손은 더욱 거세게 백리중의 목을 죄고 누를 뿐이었다. 백리중은 이를 빼낼 수 없게 되었다. 입을 다물거나, 이가 부러지거나!

무명노가 범본에게 말했다.
"잘 가라, 용이."
무명노가 힘주어 백리중의 머리통을 눌렀다.
끔찍한 뼈 소리와 함께 범본의 망가진 동공이 한순간 빛을 발했다가 점점 꺼져 갔다.
"스승님…… 나를…… 어째서 나를 버리셨습니까……."
범본의 머리에서 피고름이 적어지고, 어느덧 선혈(鮮血)이 흘러 바닥을 적시기 시작했다.

*　　　*　　　*

백리중은 다시 태어났다.
흰머리는 모두 빠지고 검은 머리가 올라왔으며, 이도 새로 났다.
눈빛은 그윽하고, 그윽한 가운데 형형하였다.
뚜둑, 뚝.
팔을 움직이니 뼈마디가 소리를 냈다.
몸을 일으켰다. 뚜둑, 이전의 골격과 미세하게 달라져 중심을 못 잡고 비틀거렸다.
옆을 지키고 있던 백리가의 무인이 백리중을 잡으려 했다. 백리중이 손을 들어 괜찮다는 표시를 했다.

"사흘 됐습니다."

백리가의 무인이 새 의복을 건네며 말했다.

백리중은 말없이 방 안을 둘러보았다.

어딘가의 평범한 객잔이었다.

백리중이 물었다.

"왜 황학루가 아니지?"

"황학루에서 정신을 잃고 계셨는데 내부의 독기가 너무 심해서 저희가 이쪽으로 모셨습니다."

"그런가."

백리중이 손을 쥐었다 폈다 하다가, 힘껏 주먹을 쥐었다.

파아악!

순간 백리중이 입고 있던 거적 같은 더러운 옷이 모두 찢겨 나갔다. 백리가의 무인이 놀라서 뒤로 물러났다.

"거악취선을 해도 모자랄 마당에 청탁병탄을 한다고 나를 책망하였던가? 해월, 당신은 틀렸어. 결국 나는 마로 선을 이루었다. 지금의 내 모습을 보여 줄 수 없는 것이 유감이로군."

백리중은 자신의 달라진 몸을 보고 미소를 머금었다.

"아니, 그 한 가지는 맞았나."

잠시 생각하던 백리중이 중얼거렸다.

"아귀왕이 존재하고 있다는 것."

*　　*　　*

황학루에서의 싸움은 사흘 전에 끝났지만 독기로 인해 일반인들은 근처에도 가까이 갈 수 없었다. 게다가 기둥이 상해 바람만 불어도 전각이 휘청거렸다. 시체를 치우지도 못하여 점점 썩어 가니 점점 더 사람들이 황학루를 가까이하지 않았다.

그러던 밤.

달마저 먹구름에 가려져 빛 하나도 없는 밤에 손비가 황학루로 숨어들었다.

손비는 주변을 둘러보며 기감을 세웠으나 방해를 받는 것처럼 기감을 느낄 수가 없었다.

그런데 어느 순간 갑자기 작은 흡혈슬들이 사방에서 나와 떼 지어 이동하는 게 아닌가.

그러자 날이 맑게 갠 것처럼 기감이 깨끗해졌다. 손비는 일부가 무너져 잔해가 쌓여 있는 곳으로 달려갔다.

잔해를 치우고 바닥을 팠다.

잔해 속에서 진자강이 나왔다. 사흘 내내 털끝 하나 움직이지 않고 굳은 채로 있던 터라 진자강은 제대로 몸을 가눌 수 없었다.

손비가 진자강을 부축하여 안고 황학루를 빠져나갔다.

미리 보아 둔 깊은 동굴에 자리를 잡고 진자강을 눕혔다. 겉으로 보면 벌써 진자강의 외상은 딱지가 앉아 나아 가는 중이었으나, 안으로는 뼈들이 박살 나고 내장이 상처를 입어 심각했다.

—아플 거예요.

손가락으로 진자강의 가슴에 글씨를 썼다.

진자강이 고개를 끄덕였다. 손비는 잘못 붙은 뼈들을 다시 부러뜨려 원래대로 맞추었다.

진자강은 가끔 신음 소리를 내었을 뿐, 얼굴도 거의 찡그리지 않았다.

—이제 움직이지 말아요.

손비는 진자강의 옷을 벗기고 깨끗한 천으로 물을 묻혀 씻겼다. 그리고 부러진 자리에 부목을 대고 상처에 외상약을 발랐다.

—좀 자요.

마지막 글자는 진자강의 뺨에 썼다.

—고마워요.

第三章

인우구망(人牛俱妄)

진자강의 온몸은 거의 박살이 난 상태였다.

손비는 진자강의 몸을 아침마다 닦아 주고 그때마다 상태를 확인하고 있었는데, 매번 놀랐다.

—어떻게 이런 몸으로 싸울 수 있죠?

"싸워야 해서 싸웠습니다."

—세상에서 독룡 한 사람만이 할 수 있는 일이었네요.

"그렇진 않습니다. 제가 아는 한, 한 명은 더 있었습니다."

해월 진인의 존재는 진자강에게 아직도 생생하게 남아 있었다.

손비가 고개를 끄덕여 진자강의 말에 동의해 주었다가 갑자기 입을 삐죽거렸다.

—여기엔 우리 둘만 있는 줄 알았는데요?

해월 진인이 진자강의 마음에 남아 있다고 한 소리다.

손비는 계속해서 자신에게 집중해 줄 둘만의 시간을 원했고, 이제야 그 시간을 갖게 되었다. 그러니 해월 진인도 잊어 달라고 투정을 부리는 것이다.

진자강은 빙긋 웃었다.

손비가 치이 하고 삐친 투로 고개를 돌렸다.

삼룡사봉 중에서 가장 외모로 돋보였던 손비다. 샐쭉해진 얼굴로 고개를 돌리고 있으니 어여쁘다.

진자강이 외모에 연연하지 않는다 해도 미색을 모르는 건 아니다.

"소저."

왜요?

시선도 돌리지 않고 표정으로 말하는 듯한 손비였다.

"미안합니다."

손비가 고개를 돌렸다. 서운한 표정이 가득했다. 손비는 진자강의 맨 가슴에 손가락으로 글씨를 썼다.

—그것도 싫어요.

"예?"

—당신은 언제까지 내게 미안해할 건가요? 미안해하지 않게 해 주세요. 여기 함께 있는 동안만이라도.

"알겠습니다."

—알겠다는 말도 하지 말아요.

"하하, 그럼 뭐라고 할까요."

—내 이름을 불러 주세요.

진자강은 손비의 이름을 불렀다.

"손비. 손비 소저."

그저 이름을 부르는 것뿐인데 왠지 굉장히 어색했다. 그러나 손비는 기뻐했다.

—당신의 목소리로 내 이름 부르는 것, 지금은 그게 제일 좋아요.

손비는 물수건을 준비해 와 진자강의 몸을 닦아 주기 시작했다.

속은 엉망이지만 겉으로는 다 나은 것처럼 멀쩡하다. 어제와 또 다르다. 딱지가 떨어지고 새살이 나 진자강의 투명하고 흰 전신이 그대로 드러났다. 멀쩡한 남자가 옷을 벗고 누워 있는 거나 마찬가지다.

손비의 뺨이 붉어졌다. 아니, 아까부터 붉어져 있었다. 하지만 시선을 외면하지 않았다.

—나…… 너무 발칙하죠?

진자강은 머쓱하여 대답하지 못했다.

—하지만 어쩔 수 없어요. 어쩌면 지금이 내게는 당신과 함께하는 마지막일 수도 있으니까.

진자강은 말없이 눈을 감았다.

손비의 마음은 이해하지만 진자강은 가야 할 길이 있다.

지금은 모든 걸 손비에게 맡기고 회복에 집중하여야 한다.

휜마신이 당가대원으로 가고 있다.

하루라도 빨리 일어서야 했다.

*　　　*　　　*

충격적인 소식이 강호를 뒤흔들었다.

대불이 독룡에게 패했다!

영귀가 당가대원에 알린 사실이 강호 전체로 퍼져 나갔다.

믿지 못하는 이들도 있었다. 대불은 행방이 묘연했다. 생사 자체는 확인되지 않았다. 그러니 돌아올 거라고 믿는 이들도 있었다.

하지만 아무리 기다려도 대불이 소림사로 돌아갔다는 소식은 들려오지 않았다.

정법행은 잠정 중단되었고 모든 나한승들은 소림사로 귀환길에 올랐다.

강호는 충격에 휩싸였다.

무림삼존 중에 둘, 벽력대제와 마제.

그리고 금강불괴인 대불까지.

독룡이 내로라하는 강호의 초고수들을 모두 꺾었다.

강호의 판도가 완전히 뒤집혔다.

모두가 진자강의 행동을 주시했다. 앞으로 진자강이 어떻게 움직이느냐에 따라 강호의 흐름이 통째로 바뀔 것이다.

운남의 작은 소년 진자강은 한때 그저 호기심 거리에 불과했으나, 이제는 강호 무림을 좌지우지하고도 남을 정도의 큰 존재가 되어 있었다.

특히나 진자강의 처가가 되는 당가대원은 입지가 껑충 뛰어올랐다.

하나 당가대원은 마냥 즐거워할 수만은 없었다.

영귀로부터 대불의 자객 훤마신이 당가대원으로 오고 있다는 사실 또한 전해 들은 때문이었다.

일부는 진자강이 큰 부상을 입었으니 구출하러 가야 한다고 주장하였으나 가주 대행인 당하란은 허락하지 않았다. 지금 중요한 것은 당가대원을 지키는 일이었다.

하여 당가대원은 엄중한 경계를 펼치고 흰마신을 기다렸다.

진자강에 대한 당하란의 믿음은 매우 굳건하였다.

비록 손비가 홀로 진자강을 보살피고 있다는 걸 영귀에게 들었어도…….

*　　*　　*

진자강은 하루 한 끼 손비가 밥을 먹여 주는 때 외엔 모든 시간을 와공에 투자했다.

대불 범본과의 싸움이 진자강에게도 큰 도움이 되었다.

범본과의 싸움을 복기하며 그간 얻은 깨달음들을 곱씹었다.

범본의 금강불괴는 진자강으로서도 난감할 정도의 벽이었다. 기초적인 무공만 쓰는데 아무것도 할 수가 없었다. 안령이 아니었다면 금강불괴의 약점을 찾아내지도 못하였을 것이다.

옥허구광 오뢰합마공의 팔광제에 오른 이후, 처음으로 겪는 최악의 싸움이었다. 만일 또다시 금강불괴에 가까운 자를 만난다면 진자강 혼자서 감당할 수 있을까?

물론 금강불괴라고 해도 사람이 아닌 것은 아니다. 최후에는 범본도 정신적으로 궁지에 몰려 자신의 장기를 버리고 상승 무공을 마구 남발하기도 했다.

그러나 그렇게 만들기 위해서는 금강불괴를 넘어설 만큼의 힘을 가지고 있어야 한다.

진자강에게 남은 것은 구광제.

아홉 개의 둑.

진자강은 겁살마신을 불러 보았다.

나와라, 겁살마신.

겁살마신이 잠에서 깨어났다. 소용돌이 형태의 와류가 생겨나고 그 흐름에 기혈이 압박되었다. 가지고 있던 일곱 개의 둑에 모두 와류를 가득 채우면 겁살마신이 새로운 여덟 번째 둑이 되어 모든 둑을 포용하게 된다.

그러나 지금은 일곱 개의 둑에 전부 채울 정도로 기혈이 안정적이지 못했다. 자칫 겨우 회복되고 있는 기혈이 와류의 막대한 흐름에 의해 또다시 파괴될 수도 있었다. 겁살마신은 나오지 못하고 다시 숨어들었다.

진자강은 일곱 개의 둑을 재차 확인했다.

단령경에게 들었던 옥허구광의 둑은 총 아홉 개.

하단전. 중단전. 상단전. 좌우 장심, 좌우 용천혈. 회음혈, 그리고 명문혈.

진자강은 망가진 하단전과 망료에 의해 강제로 열린 백회를 제외한 일곱 곳에 둑을 쌓았다. 그럼에도 팔광제에 올라섰다. 본래 단령경에게 들었던 옥허구광 오뢰합마공의 길과는 이미 다른 길에 들어서 있는 것이다.

'합마공에는 진언이 없고, 현교에 남아 있는 오뢰진천공에는 구결이 없다.'

무암 존사가 해석한 옥허구광 오뢰합마공이다. 그러나 그리 판단한 건 심지어 무암 존사조차도 후반부는 제대로 알지 못하던 때였다. 게다가 무암 존사는 단령경을 위해 오역을 감수하고 옥허구광 오뢰합마공의 구결을 평이하게 바꾸었다.

지금의 진자강은 무암 존사가 해석한 무리(武理)를 넘어섰다. 더 이상 무암 존사의 해석에 의존하기 어렵다.

그럼 야율환은 어떠한가.

야율환은 옥허구광 오뢰합마공의 최종적인 모습에 대해 다음과 같이 설명하였다.

'와류는 대하(大河)의 일부이며 대하의 도도한 흐름을 막지 못한다. 혼원은 대하이다. 대하는 모든 종류의 지류와 와류를 포함한다.'

진자강은 와류충제를 통해 지류인 둑을 만들어 내고 둑을 통해 대하인 겁살마신을 굴복시켰다.

이것이 혼원의 끝이 아닌가? 겁살마신은 대하가 아니었는가?

하면 아홉 번째 둑은 어디에 있는가.

야율환은 진자강이 자신만의 혼원에 도달하였다고 했다.

그 길의 끝에 구광제가 있을 것이다.

진자강은 혼원이란 무엇인가를 처음부터 다시 곱씹어 보았다.

혼원이란, 각각이 자유로우면서 질서를 유지하고 있는 것.

모순되지만 모순되지 않는 것.

음이고 동시에 양인 것.

다르지만 다르지 않고, 같지만 같지 않은 것…….

진자강은 계속해서 깊이 사고했다.

'나는 지금 혼원 안에 있지만, 혼원의 끝인 것은 아니다. 혼원의 끝은 끝이 아니라 시작이기도 하다. 혼원은…… 대자연이 가진 본래의 모습이며 최종적인 모습…….'

진자강은 무의식적으로 손을 들었다. 아니, 부목으로 꽉 싸매어 실제로 손을 들 수 있었던 건 아니었다.

그러나 진자강은 심상에서 손을 들고 허공에 원을 그렸다.

내공이 자연스레 진자강의 전신을 순환했다.

사종왕생(四種往生). 몸을 직접 움직이지 않고도 심생종기(心生從氣)로 기가 움직였다.

손비는 그 광경을 목도했다.

너무 놀랄 수밖에 없었다.

벽에…… 하나의 원이 그려지고 있었다.

진자강은 손끝 하나 움직이지 않는다. 그럴진대 절로 벽이 움푹 패면서 둥그런 원이 그려지는 것이다.

천천히, 그러나 일필휘지로 그린 것처럼 완전한 원형이…….

손비는 숨을 죽였다.

'팔우도(八牛圖)…….'

득도한 도인이 도가심법의 수련을 여덟 장의 그림으로 그렸다.

첫 번째 그림은 동자가 주저앉아 빈 고삐를 쥐고 있는 그림이었다.

심우(尋牛), 찾아야 할 것이 무엇인지도 모르는 채 수련에 막 들어섰음을 의미한다.

두 번째 그림은 소의 발자국을 따라가는 동자의 모습이다.

견적(見迹), 소의 발자국을 보고 쫓아가듯 자신이 구하는 것이 무엇인지 조금씩 찾아가는 과정이다.

세 번째 그림에서는 동자가 붉은색 소의 뒷모습을 보고 있다.

견우(見牛), 마침내 선천의 내공을 알고 그 뒤를 따라가는 과정을 의미한다.

네 번째 그림은 동자가 고삐를 들고 붉은 소와 싸우는 광경이다.

득우(得牛), 끊임없는 잡념과 싸우며 선천의 내공을 들이려는 과정이었다.

다섯 번째 그림에서는 동자가 소를 포기하였는데, 소가 스스로 동자를 따르며 붉은색에서 순백으로 변하고 있었다.

목우(牧牛), 애써 추구하지 않고 얻겠다는 집착을 버림으로써, 소를 잡겠다는 마음마저 버림으로써 마침내 내공을 얻게 됨을 말한다.

여섯 번째 그림에서 동자는 소를 타고 피리를 불며 집으로 돌아온다.

기우귀가(騎牛歸家), 고삐도 필요치 않다. 언제 어디서나 흔들림 없는 마음으로 내공을 수련할 수 있게 되는 것이다.

일곱 번째 그림에서는 첫 번째 그림과 마찬가지로 소는 보이지 않고 동자가 홀로 서 있을 뿐이다. 그러나 동자는 이제 더는 당황하지 않고 당당하게 서 있다.

망우(忘牛), 이미 소를 찾고 길들였으므로 동자는 더 이상 소를 길들이려 집착할 필요가 없게 되었다. 마찬가지로 수련에 집착하지 않아도 내공이 지극한 경지에 오르게 됨을 의미한다.

여덟 번째 그림.

모든 것이 텅 비었다[人牛俱忘].

팔우도의 마지막 그림에는 단 하나의 원만이 그려져 있다.

마침내 동자는 자신도 잊었다. 사람도 없고, 소도 없다. 소를 좇는 사람도 고삐도 피리도 없다. 마침내 모든 것이 일체(一體)를 이루었다.

이 마지막 그림이 바로 인우구망이며, 도가의 수련법 중 최종 심득으로 꼽히는 것이다.

모든 것을 넘어서고, 모든 것이 족하게 됨으로써 되어야 할 것도, 구할 것도 없는 환허(還虛)의 경지.

'인우구망…….'

손비도 말로만 들었지 그것이 눈앞에서 이루어지는 걸 본 적은 없었다.

팔우도의 마지막 그림에 나오는 하나의 원.

그 인우구망이 바로 동굴 벽에 그려지고 있는 것이다.

* * *

진자강은 무의식과 의식이 혼재된 상태에서 사고가 멈추었다.

이전에도 그랬던 것처럼 갑작스레 의식이 확장되어 동굴 안을 볼 수 있었다.

며칠 동안 밤낮없이 진자강을 챙기느라 다소 수척해진 손비의 모습이 가슴 아팠고, 차가운 동굴 천장에 맺힌 이슬이 시렸다.

이것이 꿈인가. 실제인가.

진자강은 눈을 뜨고 있지 않으니 본다고 해도 보는 것이 아니며, 시린 감각은 손을 대어 느낀 것이 아니므로 실제로 시린 것이 아니었다. 본질에 사람의 감각과 감정을 덧씌움으로써 본질은 본질이 아니게 되었다.

진자강은 눈을 감고 누워 있는데 자신의 의식은 누워 있는 자신을 보고 있으므로, 어느 쪽이 본질인지 불분명해졌다.

일전에 진자강은 의식의 확장, 그 끝에서 해월 진인을 만났다. 본질에 씌워진 모든 무의미한 것들이 걷어 내어진 순간에 진자강의 의식은 해월 진인과 맞닿았다.

그리고 해월 진인의 귀천을 알았다.

하나 당시에 진자강의 본신은 당가대원에 있었다.

해월 진인과 맞닿은 것이 과연 진자강의 실제가 맞는가. 진자강이 맞닥뜨린 것이 해월 진인의 실제가 맞는가.

눈을 뜨고 본 것이 아닌데 그것이 본질임을 의심하지 않을 수 있는가. 그러나 눈을 뜨고 본다고 해서 그것이 본질일 수 있는가.

맑은 날의 풀잎은 생기 어린 푸른색이요, 흐린 날에는 어둡고 우중충한 푸른색이요, 노을이 지는 날에는 화려한 붉은색이니.

우리가 바라보는 일체의 색(色)은 공(空)이요, 그로 인해 느끼는 감정은 허(虛)이니라.

나와 너의 구분이 없는 일체의 무(無).

대자연이 진자강이었고 진자강이 대자연이 되었다.

하지만 곧 '허'로 인한 슬픔이 찾아왔다.

너와 나의 구분이 없음으로 인하여 진자강은 자유를 얻었다.

그러나 자유를 얻은 '나'는 무엇인가.

내가 자유를 얻은 것인가, 자유롭지 않다는 의지를 잃은 것인가.

진자강의 의식은 허무를 떠돌았다.

별개와 다름을 구분하지 않음으로써 스스로의 자아마저 사라지고 있었다.

순간 진자강은 깨달았다.

눈으로 보고 손으로 만지는 것은 본질을 알기 위한 행동이며, 동시에 본질을 호도하는 행동이었다. 의식으로 깨닫는 것 또한 실제이며 또 실제가 아니었다.

손비를 보며 가슴이 아프다고 느낀 것은 '허' 한 것이되 그 느낌을 느낀 것은 진자강의 실제였다. 동굴 천장의 이슬이 시린 것은 '허' 의 감정이지만 그것은 진자강이 경험으로 알고 있는 과거의 실제였다.

해월 진인과 마주친 진자강의 의식은 실제가 아니었지만 해월 진인의 귀천을 안 것은 진자강의 실제였다.

허상과 실제는 별개가 아니라 함께 혼원 안에서 공존한다.

나와 너의 구분이 없는 일체의 무는, 역설적으로 나를 구분함으로써 나와 너의 구분이 없다는 걸 알게 되는 것이므로…….

구분과 구분하지 않음이 함께 있는 것.

나와 너가 함께 있는 것.

본질이 아닌 것과 본질인 것이 함께 있는 것.

꿈과 실제가 함께 있는 것.

공과 허가 함께 공존하는 것.

팔우도의 마지막 그림에 아무것도 없는 무(無)와 무를 나타내는 원이 공존하는 것.

그것이 혼원이다.

진자강은 겁살마신을 불러내었다.

겁살마신이 무릎을 꿇고 나타나 말하였다.

나는 너다. 그러나 너는 내가 아니다.

진자강이 말하였다.

너는 나다. 그러나 나는 네가 아니다.

겁살마신이 웃으며 일어섰다. 완전히 일어섰을 때, 겁살마신은 진자강의 일부가 되어 완전히 사라졌다.

진자강은 손을 들어 원을 그렸다.

하나의 원을 그리는 데에 굉장한 내공이 필요했다. 빨려나가듯 내공이 소모되었다.

인우구망, 환허의 원, 혼원을 하나로 담아 원을 완성하기에 내공이 부족했다.

진자강의 기혈이 순식간에 텅 비었다.

하지만 진자강은 두려워하지 않았다.

대자연을 향해 손을 뻗었다.

대자연의 막대한 기운이 진자강을 향해 밀려 들어왔다.

진자강의 몸에 작은 내공이 소용돌이쳤다. 소용돌이가 점점 커져 진자강의 전신을 가득 메웠다.

일광제, 이광제, 삼광제…… 팔광제로 여덟 개의 둑을 쌓아도 대자연의 기운을 모두 담지 못하였다.

진자강은 자신과 대자연의 다름을 알았다. 혼원으로 대자연의 기운을 공유함으로써 진자강이 대자연이 될 수는 있었으나, 대자연은 진자강이 아니었다. 실제인 육체는 대자연의 기를 감당할 수 없었다.

다름을 인정한 순간, 진자강은 스스로의 의식을 올곧게 다스릴 수 있었다.

진자강은 구분할 줄 알게 됨으로써, 다름을 알게 됨으로써 굳이 구분할 필요가 없게 되었다.

같음과 다름도 혼원에서 함께 공존하는 것이다.

이제, 아홉 번째 둑을 세울 때가 되었다.

그것은 대자연과 일체화된, 그러나 대자연 속에서도 존재를 잃지 않은 진자강 본인이다.

ㄷㄷㄷㄷㄷ!

진자강의 전신 기혈들이 새로이 깨어났다. 과거의 기운을 그대로 가지고 새로운 공기를 맞이하였다.

진자강은 용솟음치는 모든 힘을 한데 쏘아 힘껏 원을 그렸다.

* * *

손비의 눈에서 눈물 한 방울이 흘렀다.

원이 완성된 순간 불현듯 눈물이 났다.

원은 누구도 그렇게 그릴 수 없을 것처럼 똑바른 원형이었다. 그런데 완성되었음에도 불구하고 어딘가 불완전해 보였다.

원의 불완전함이 마치 사람의 존재가 불완전함을 나타내는 듯 슬픈 생각이 들었다.

진자강은 닷새 만에 깨어나 손비를 바라보고 있었다.

진자강의 피부는 맑다 못해 더욱 창백해졌고 눈빛은 더 깊어졌다. 몸에서는 은은한 난초의 향기가 났다.

손비는 진자강에게 안기고 싶은 마음을 잠시 참았다.

대신 조용히 일어나 밖으로 나갔다.

진자강이 인우구망의 깨달음에 이르는 동안 손비는 먹지도 않고 잠도 자지 않고 계속해서 진자강의 곁을 지켜 주었던 것이다.

촤악. 촤아악.

동굴 밖 개울에서 물을 끼얹는 소리가 들려왔다.
진자강은 묵묵히 기다렸다.
손비가 동굴로 되돌아오기까지는 아주 오래 걸렸다.
완전히 몸단장을 한 손비가 돌아왔다.
손비는 진자강에게 애절한 눈빛으로 마음을 전했다.
내가 당신을 위해 노력한 시간을 보상받고 싶어요.
진자강이 고개를 끄덕였다.

*　　*　　*

손비가 떠났다.
진자강은 손비가 마을에서 구해 놓고 간 정갈한 의복으로 갈아입었다. 부러진 작하신검을 들고 동굴을 나왔다.
환허경에 이르렀어도 진자강은 그대로 진자강이었다.
도(道)를 얻었으나, 도를 구하지 않은 진자강과 도를 구한 진자강은 여전히 함께 진자강의 안에서 공존하고 있었다.
복수심 또한 그대로였고, 해야 할 일도 잘 알고 있었다.
당하란을 걱정하는 마음도 독천이 보고 싶은 마음도 남아 있었다.
배가 고팠다. 득도하였다고 해도 진자강이 사람인 것은 변하지 않았다.

진자강은 눈에 띈 독초를 뿌리째 뽑아 씹었다.
덩어리 뿌리를 상륙(商陸)이라 하여 약으로도 쓰는 자리공이었다.
풀을 씹으며 진자강이 중얼거렸다.
"아귀왕."
그리고 다시 중얼거렸다.
"휜마신."
잠시 생각하고 있던 진자강은 입에 풀잎을 물고 가볍게 툭 바닥을 찼다.
별다른 경공이 없이도 경공을 쓰는 것처럼 몸이 쭉 나아갔다.

*　　*　　*

무각은 육하선에게 부탁했다.
"이 망할 손가락을 제대로 좀 붙여야겠다. 내공이 제대로 유통이 안 돼."
육하선이 무각의 잘못 붙어 굳은 검지를 매만졌다.
"아프실 텐데요."
"독룡이 게으름 피우다가 못 오면 부처님 만나러 가야 된다. 나는 파계한 몸이라 부처님도 못 만나고 지옥부터 구경…….”

무각이 말을 하는 도중에 육하선이 무각의 비틀린 검지를 부러뜨렸다.

뚝!

“으햐아악!”

무각이 비명을 질렀다.

“어디 이런 못된 것이 다 있……!”

“엄살은요. 아직 더 해야 합니다만.”

뚝!

무각은 입을 다물지도 못하고 땀만 뻘뻘 흘렸다.

“살살 좀 하려무나!”

“뼈 부러뜨리는 걸 어떻게 더 살살 합니까.”

육하선은 무각의 입에 술을 흘려 넣고 손가락에 가느다란 부목을 대었다.

“좀 낫습니까?”

무각이 땀을 뻘뻘 흘리면서 대답했다.

“나 죽겠다.”

“아니, 땡추 스님 말고 손가락 말입니다. 기혈이 좀 풀렸습니까?”

“손가락이 나보다 먼저냐!”

“땡추 스님이 손가락하고 입 빼면 뭐 볼 게 있습니까.”

"아, 그건 그러네."

무각이 울 것 같은 표정으로 웃었다.

"훤마신이 올 때까지 뼈는 안 붙겠지만 기혈은 뚫릴 것 같다."

육하선이 물었다.

"훤마신이 그렇게 무섭습니까?"

"무섭기도 하지만 짜증 나지."

"네?"

"실력으로는 대불에 조금 못 미치는 정도지만, 하는 짓이 사람을 미치게 만들지. 오죽하면 훤마신이라 부르겠느냐."

"훤마신이 무슨 뜻인지요?"

"훤마신(晅魔神)에 밝을 훤(晅) 자를 쓰니 대머리 마귀라는 뜻이다."

대머리 마귀라는 말에 육하선이 어이가 없어 실소했다.

무각이 말했다.

"본래 훤마신은 대불의 대사형이었다. 대불이 실력으로 훤마신을 넘어서서 장문인이 된 게야."

"본래 중이었어서 대머리라 부른 것이었군요. 그런데 무공으로 장문이 되는 것도 아니고 실력에 큰 차이가 없다면서 어찌 대불이 장문이 되었습니까?"

"훤마신은 금종조(金鐘罩)에 일가를 이루었다. 그러나 금종조로는 금강불괴를 이길 수 없지. 대불에게 패하고 난 뒤 무리하게 금강불괴를 이루려다 주화입마하였다."

금종조는 살갗이 단단해지는 외가공부다. 금강불괴처럼 모든 것에 불침되는 경지는 아니나, 금강불괴의 아래 단계로 이미 금강불괴에 가까운 몸인 것이다. 어지간한 보검도, 검기도 듣지 않는다.

"아아."

육하선은 한숨을 내쉬었다.

"금종조를 이룬 채로 주화입마한 미친놈이라니. 생각만 해도 끔찍합니다."

"정확하게 말하자면 금강불괴가 되다 만 미친놈이야."

"금종조를 대성한 미친놈보다 더 끔찍한 미친놈이로군요."

"말해 무엇하리. 대불은 멀쩡하게 미친놈이고, 훤마신은 그냥 미친놈인 것을."

"얼마나 미친놈입니까? 미친놈이라면 우리도 솔찬히 보지 않았습니까."

"이를테면……."

무각이 생각만으로도 끔찍하다는 듯한 표정을 지었다.

"독룡의 처와 아이를 내놓으라며, 나올 때까지 사천에 있는 모든 양민들을 다 죽이고 다닐 수도 있는 놈이다."

"스님 맞습니까?"

"파계승이야. 본래 무공을 다 빼앗아야 하는데 대불이 오늘 같은 날을 위해 내버려 두었다."

"그럼 어찌해야 하지요?"

"뭘 어째. 당가대원의 문을 단단히 걸어 잠그고 버텨야지."

육하선도 고개를 절레절레 내저었다.

염왕 당청은 소림사의 호신강기 수법에 질려 그것을 뚫는 수법에 매진하였다. 그러나 소림사에는 당청이 아는 것보다도 훨씬 더 지독한 자들이 수두룩했다.

당청이 직접 거사를 지휘했더라도…… 성공할 수 있었는지 의심이 될 정도였다.

* * *

일반 사람보다 머리 두 개는 더 크고 덩치도 산만 한 남자가 빛바랜 회색 승복을 입고 길을 걸었다.

얼핏 대불과 비슷하게 보이는 체구였다. 그러나 아무렇게나 자란 머리가 산발이라 승복과 어울리지 않았다.

훤마신.

파계되어 소림사에 구금되기 전에는 범가라는 법명이 있었다.

그러나 이제 그것은 훤마신에게 아무런 상관이 없다. 무어라 부르든 그는 훤마신이다.

중얼중얼. 훤마신이 중얼거렸다.

"여인과 아이를 죽이라니. 사제도 나처럼 주화입마해서 미쳐 버린 건가."

언뜻 말투만 들으면 멀쩡해 보이는 것이었으나, 눈빛이 묘하게 일그러져 있었다.

훤마신이 갑자기 발길을 다른 방향으로 틀었다.

뒤따라오던 나한승 한 명이 훤마신에게 소리쳤다.

"당가대원은 그 방향이 아니다!"

훤마신이 스윽 나한승을 돌아보았다.

"안다. 여인을 죽여야 하니 그 전에 여인을 죽이는 연습을 하려는 것이야."

"뭣이?"

"내 자유가 달린 중요한 일이니, 간섭하지 마라."

훤마신의 눈빛이 서늘했다. 나한승은 이를 갈았다. 그러나 훤마신에게 대꾸할 수 없었다. 훤마신이 임무를 제대로 완수하는지 지켜보기만 하는 게 그의 임무였다.

第四章

왕(王)

나한승은 훤마신이 어딜 찾아가려 했는지 알고는 경악했다.

"여, 여기는!"

산 정상이 사시사철 늘 안개에 가려져 있어 신비스러운 불가의 성지.

아미산이다.

아무리 미쳤다지만 혼자서 아미파를 찾아올 생각을 할 줄은 몰랐다. 당가대원으로 가기도 전에 스스로 위험을 자초하리라 누가 생각하였겠는가.

나한승은 훤마신을 말릴 수도 없고 강제로 막을 수도 없어 난감해졌다. 휜마신은 아미파를 생각해 낸 자신이 뿌듯하다는 듯 고개를 주억거렸다.

"여인들만 있는 곳이라면 아미파가 딱 적당하지 않은가? 실수로 남자 놈을 죽이지 않아도 되니까."

혼잣말을 하던 휜마신이 갑자기 고개를 돌려 나한승을 쳐다보았다.

"너도 남자잖아."

"그야 물론 그렇……."

나한승은 대답하다 말고 섬뜩해졌다.

휜마신이 나한승을 빤히 내려다보는데 그 눈빛이 심상치가 않았다. 살심이 드러나 눈알이 짐승처럼 희번덕거렸다.

방금 휜마신은 실수로 남자를 죽이는 것이 매우 불편하다는 투로 말했다.

분명 저 눈빛은 실수로 죽이지 않도록 미리 죽일까, 하고 고민하는 것이다!

"나, 나는 그러니까…… 그렇지! 내가 죽으면 임무를 완수했는지 본산에 증언할 사람이 없지 않소!"

"흠."

휜마신이 납득한 듯하자 나한승이 마른침을 삼키며 고개를 끄덕였다.

"그럼 난 이곳에 있겠소."

"아니다. 너는 귀찮은 놈이지만 달아나면 네 말처럼 내가 곤란해진다. 그러니까……."

휜마신이 손을 뻗었다. 대불만큼이나 두꺼운 손가락이 나한승의 머리를 집었다.

"나한테 손대지 마시오!"

나한승이 필사적으로 반항하는데도 휜마신은 아랑곳하지 않고 나한승의 머리를 잡아들었다. 그러더니 높이 자란 고목의 중간에 나한승을 던졌다. 나한승의 어깨가 나뭇가지에 꿰뚫리며 몸이 걸렸다.

"크윽!"

나한승이 버둥거리면서 빠져나오려 하자 휜마신이 극도의 살기를 뿜어내며 경고했다.

"내가 돌아올 때까지 거기서 내려오면 혼을 내겠다."

나한승은 그대로 얼어붙었다. 죽인다가 아니라 혼낸다고 했다. 얼마나 끔찍한 꼴로 만들 생각인지 상상도 되지 않아 소름이 끼쳤다.

나한승은 어깨를 빼지도 못하고 고통을 참으며 입을 다물었다.

휜마신이 몸을 돌려 산문을 향했다.

성큼.

휘이이익!

하얀 그림자들이 공중에서 뛰어내리며 휜마신의 앞을 가로막았다. 아미파의 여승들이다.

아미파의 여승들은 휜마신의 우람한 덩치를 보고 놀랐고, 뒤에 소림사의 나한승이 나무에 걸린 채 대롱거리는 걸 보고 더 놀랐다.

여승들이 검의 손잡이를 쥐고 호통을 쳤다.

"시주는 뉘시기에 수행자들이 기거하는 곳에서 그 같은 살기를 뿌리는가!"

휜마신은 여승들을 보며 가슴을 쫙 폈다.

"나는 가짜 왕이다."

"뭐라고?"

여승들이 당황했다. 승복을 입고 나타나서 스스로를 가짜 왕이라고 하는 자를 어떻게 받아들여야 하는가. 나무에 걸린 나한승을 쳐다보았지만 나한승은 아무 말도 하지 않고 고개마저 돌린 채 입을 다물고 있을 뿐이었다.

휜마신이 여승들을 손가락으로 가리키며 말했다.

"나는 가짜 왕이다. 너희들의 진짜 왕에게 나를 대령하라."

나이가 지긋한 여승이 눈치 빠르게 나섰다.

"이곳은 비구니들만 기거하는 곳으로, 남자는 일절 들

이지 않고 있습니다. 부디 양해하여 주시기를 부탁드립니다.”

휜마신은 조금도 동요하지 않았다. 오히려 명령조로 여승에게 훈계했다.

“나는 가짜 왕이다. 왕은 어디든 갈 수 있고 누구에게든 명령할 수 있다. 그러므로 상리(常理)로 왕을 막으려 하여서는 아니 된다. 어서 나를 너희들의 진짜 왕에게 안내하라.”

젊은 여승들이 불쾌한 표정으로 금방이라도 휜마신을 공격할 것처럼 자세를 취했다.

“이런 미친 작자가……!”

나이가 든 여승은 이미 휜마신의 무공이 보통이 아님을 알았다. 나이 든 여승이 젊은 여승들을 만류하며 휜마신에게 물었다.

“십중대계(十重大戒)를 아십니까?”

“안다.”

십중대계는 구도자가 지켜야 할 가장 엄중한 열 가지의 계율이다.

“살해하지 말고, 도둑질하지 말고, 음행하지 말라. 거짓하지 말고 헐뜯지 말라. 귀하께서 십중대계를 지키겠다고 약조하신다면 본산으로 안내할 수 있습니다.”

“나는 가짜 왕이다. 왕의 말은 절대적이므로 무엇이든 할 수 있다. 진짜 왕의 지엄함은 누구도 죽이라고 할 수 있다. 십중대계도 왕을 막지 못한다.”

여승이 물었다.

“누군가를 죽이러 온 것입니까?”

“그렇다. 나는 여인을 죽이는 법을 알기 위해 왔다.”

여승들의 눈이 크게 떠졌다.

“보자 보자 하니까!”

여승들이 눈짓을 주고받았다. 그러곤 동시에 검을 뻗었다.

“살귀는 발을 들일 수 없다!”

쉬이이익. 다섯 개의 검이 검기를 줄기줄기 내뿜으며 일시에 휜마신의 전신을 찔렀다.

목줄기와 가슴, 복부, 양어깨에 검기가 꽂혔다.

티이이잉!

그러나 검기가 휜마신의 옷과 맨살을 뚫지 못했다. 검신이 휘었다.

“흐으읍!”

휜마신이 힘을 주었다. 목에 힘줄이 돋아났다. 휜마신은 성큼 걸음을 내디뎠다. 휜마신의 몸을 찌르고 있는 검들이 부러질 것처럼 휘었다. 휜마신이 한 걸음을 더 크게 내딛자 여승들이 검이 휘는 힘을 감당하지 못하고 튕겨져 나갔다.

튕긴 검이 요동쳐서 서로를 상처 입혔다.

"아악!"

휜마신은 아예 몸으로 밀고 아미파의 본산으로 올라갔다.

"저자를 막아라!"

사방에서 하얀 승복의 여승들이 검을 들고 날아들었다.

휜마신의 몸에 검을 꽂았다. 휜마신은 아무 대응도 하지 않고 그냥 걷기만 했다. 그러나 튕겨 난 것은 여승들이었다.

수많은 여승들이 휜마신에게 날아들고, 튕겨 나갔다. 멀리에서 보면 꽃에 달라붙었다가 떨어지는 나비 떼와도 같았다.

아무리 숫자가 많아도 휜마신을 막지 못했다.

아미파의 장로급 여승이 달려와 휜마신의 정면에서 검강을 뿜어냈다. 찬연한 빛이 검 끝에서 아롱거렸다.

"그 자리에서 멈추어라! 한 걸음이라도 더 다가오면……!"

이미 휜마신은 계단을 걸어 오르고 있었다. 여승이 급하게 백학검의 일초로 휜마신의 가슴을 찔렀다.

부우욱! 휜마신의 빛바랜 승복이 녹듯이 타 버리며 구멍이 생겼다. 휜마신이 몸을 살짝 틀곤 팔을 들어 겨드랑이 사이로 검강을 통과시켰다. 검이 휜마신의 옆구리를 긁으며 요동쳤다. 옆구리에 긴 열상이 남았다.

휜마신이 검강이 빛나는 검을 옆구리에 끼우고 당겼다. 여승이 끌려왔다. 휜마신은 여승의 머리를 자신의 이마로 박았다.

빠걱!

여승의 머리가 함몰되었다. 여승은 무너지듯 쓰러지면서도 휜마신의 복부에 일장을 먹였다.

두우웅!

거대한 범종이 울리는 듯 묵직한 소리가 났다.

"그, 금종조……!"

여승의 눈이 가물거렸다. 휜마신이 눈에 힘을 주었다.

"너는 왜 이리 허약한가. 나는 아직 너희들의 왕을 만나지 못하였다. 벌써 죽으면 안 된다."

휜마신은 여승의 허리춤을 잡고 들어 올려서 명문혈로 내공을 불어 넣었다. 겨우 숨을 붙여 놓고는 아까보다 더 서둘러 산을 올랐다.

애매하게 인질을 잡게 된 셈이라 되레 여승들은 휜마신을 공격하기가 어려워졌다. 수십 명의 여승이 휜마신을 둘러싼 채 함께 움직이게 되었다.

마침내 훤마신은 아미산의 정상 철와전까지 올랐다.

인은 사태는 미간을 찌푸리고 훤마신을 보았다.

"훤마신 범가!"

훤마신이 인은 사태를 보고 물었다.

"네가 이들의 진짜 왕이냐?"

인은 사태가 대답하지 않고 오히려 눈을 가늘게 뜨고 되물었다.

"소림사의 참회동에 있어야 할 그대가 어째서 여기에 와 있는 겁니까?"

"나는 가짜 왕이다. 너희들의 진짜 왕을 찾고자 한다."

인은 사태는 훤마신이 주화입마하였다는 걸 알고 있었다. 미친 자와는 말이 통하지 않으니 실력 행사를 할 수밖에 없다. 그러나 아미파의 여승들 대부분이 아직 중독과 부상에서 완전히 회복되지 않아 싸움을 최대한 피해야 했다.

인은 사태가 훤마신의 주의를 돌려 보려 했다.

"빈니를 기억하지 못합니까? 오래전 뵌 적이 있습니다."

훤마신은 주지가 될 뻔했던 인물이라 인은 사태도 안면이 있었다.

"대불이 행방불명되었다는 얘기를 듣고 오셨습니까? 독룡에게 패하고 입적하였다는 것이 사실입니까?"

순간 휜마신이 움찔하더니 갑자기 이상한 말을 중얼거렸다.

"대비대자 도화홍통! 율섭 선섭 섭중계생, 남만불타아비불 보리살타관세음!"

대불 범본은 휜마신에게 자유를 약속했다. 대불이 없으면 그의 자유도 사라진다. 휜마신은 대불의 행방불명을 아예 받아들이지 않고 있었다.

"너는 진짜가 아니다. 너는 거짓을 말하고 있다. 부처님의 십대제자인 사리자(舍利子)의 지혜로 보건대 너는 눈빛이 요사하며 분요(紛擾)하다. 아미파의 왕은 네가 아니다."

"나는 비구니이지 왕이 아닙니다."

"그럼 너와 얘기할 이유가 없다. 왕을……."

휜마신은 인은 사태의 말을 듣지 못한 것처럼 무시하고 철와전의 마당을 쭉 훑어보았다. 그러다가 한곳에서 눈을 멈추었다. 철와전에 딸린 감옥이었다.

휜마신이 코를 킁킁거렸다.

"피 냄새가 난다. 사리자는 가짜 왕이 나를 속이려 한다는 걸 안다."

그러더니 훤마신은 죽어 가는 여승을 짊어진 채 감옥 건물을 향해 달려갔다.

"앗!"

여승들이 막아서는 것을 몸으로 밀어붙이며 감옥 건물을 머리로 들이받았다.

콰아앙!

감옥의 벽이 무너지고 쇠창살이 우그러졌다. 안에 있던 꾀죄죄한 차림의 여승들이 햇살에 눈부셔 하며 훤마신을 쳐다보았다.

일전에 반란에 가담하여 감옥에 갇혀 있던 이들이었다.

훤마신의 눈이 감옥의 여승들을 쳐다보았다.

"저들은 누구냐?"

감옥에 있던 여승들도 밖에서 이는 소란을 들었다. 한 명이 눈치 빠르게 외쳤다.

"가짜 왕! 당신이 찾는 왕은 여기 있소이다!"

훤마신의 눈이 번쩍 뜨였다.

눈치 빠른 여승이 옆에 있는 나이 든 여승을 가리키며 소리쳤다.

"여기에 진실된 왕이 있소!"

그녀는 반란을 일으켰다가 인은 사태에게 혀를 잘린 낭령이었다.

"오오오!"

흰마신의 얼굴이 미소가 생겨났다. 술래가 숨바꼭질을 하던 아이를 찾은 것처럼 해맑은 표정이었다.

"너희들의 왕에게 여쭈어라! 여인 몇을 죽여도 되겠느냐고! 왕은 누구에게도 죽음을 내릴 수 있으니, 내게 허락해 주십사 부탁드린다고!"

낭령이 불타는 눈으로 고개를 끄덕였다.

흰마신이 재차 요구했다.

"그대들의 왕이 내게 살생을 허락하여 주시는가! 왜 내게 대답하지 아니하는가!"

말을 못 하는 낭령 대신 옆에서 다른 이가 외쳤다.

"우리의 왕은 역도들에게 고초를 당하여 말을 하지 못하나 방금 승낙하셨소이다! 얼마든지 죽이시오! 특히 저 가짜는 필히!"

흰마신이 소리 질렀다.

"나는 가짜가 아니다. 가짜 왕이다!"

"당신이 가짜 왕인 걸 아오! 당신이 아니라 저……."

흰마신은 대로하여 메고 있던 여승을 방망이처럼 휘둘러 메쳤다. 방금 가짜라는 말을 담았던 여승과 메고 있던 여승의 머리가 맞부닥쳤다.

끔찍한 소리와 함께 피와 살점이 터져 나갔다.

사람을 어이없게 죽이는 행동에 아미파 여승들이 모두 놀랐다.

그런데 본인인 훤마신도 깜짝 놀랐다.

"어, 음."

훤마신은 고민하는 듯싶더니 갑자기 눈을 번뜩였다.

"조금 전 왕이 승낙을 하였다. 내가 여인을 죽인 것은 승낙을 받은 다음이니 잘못된 것이 없다!"

훤마신은 다른 곳을 보며 혼잣말을 외쳤다. 죄지은 자처럼 낭령을 제대로 쳐다보지도 못하고 말하는 모습이 괴이하기 짝이 없었다.

훤마신은 낭령이 뭐라고 할까 봐 두렵기라도 했는지 갑자기 날뛰기 시작했다.

훤마신이 여승들을 쫓아다니며 마구잡이로 손을 뻗었다. 손에 잡힌 여승들의 팔다리가 마구 찢겨나갔다.

"꺄아악!"

"아악!"

순식간에 훤마신은 피를 흠뻑 뒤집어썼다.

아미파 여승들이 대항했지만 검도 먹히지 않고 권각도 박히지 않는다. 검강은 조금씩이나마 피해를 줄 수 있었지만 검강을 쓸 수 있는 이가 그리 많은 것도 아니지 않은가.

인은 사태가 소리쳤다.

"백화(百花)의 진!"

수십 명의 아미파 여승들이 승복을 나부끼며 모여들었다. 몇 겹의 원으로 훤마신을 둘러쌌다. 각각의 원이 반대 방향으로 돌면서 훤마신의 눈을 어지럽혔다. 수십 자루의 검에서 뿜어진 검기에 훤마신도 눈을 살짝 감고 힘을 주었을 정도였다.

"검진 전개!"

원을 구성하고 있던 모든 여승들이 일거에 검을 뻗어 훤마신을 찔렀다. 수십 개의 검기가 훤마신의 전신에 꽂혔다.

짜라라라락!

훤마신의 몸이 고슴도치처럼 검기로 빽빽하게 싸였다. 단순히 검기만이 아니더라도 수십 명의 무인이 누르는 힘이니 보통이 아니다.

훤마신의 거대한 몸이 쭈그러지듯 움츠러들었다.

우둑 뚜둑. 관절이 버티면서 거친 소리를 냈다. 훤마신이 눈을 크게 치켜뜨며 양팔을 힘껏 떨쳤다.

"크아아아!"

수십 명의 아미파 여승들이 일거에 튕겨 나갔다.

"와아앗!"

"아앗!"

여승들은 서로 엉켜서 중심을 잡지도 못하고 나뒹굴었다.

흰마신은 완전히 흥분해서 넘어진 여승들을 밟아서 죽여댔다. 그때 인은 사태가 흰마신을 공격했다. 하얀 검이 흰마신의 양 눈을 찍었다. 흰마신이 고개를 좌우로 움직여 검을 피하곤 주먹을 날렸다. 인은 사태가 장으로 흰마신의 권을 받았다.

펑! 흰마신의 상체가 휘청거렸고, 인은 사태는 뒤로 일장이나 날려졌다. 흰마신이 한 발을 크게 차올렸다가 바닥을 찍으면서 머리를 앞으로 하곤 순식간에 인은 사태를 향해 쏘아져 날아갔다. 인은 사태는 정면으로 철두공을 받아낼 듯 장을 뻗었다가 흰마신의 머리통을 이화접목의 수로 밀어내었다. 흰마신이 날아가는 방향이 틀어졌다. 흰마신은 철와전의 지붕으로 날아갔다.

콰아악! 쇠로 만들어진 기와들이 우그러들며 흰마신의 머리가 지붕에 틀어박혔다. 흰마신이 버둥거렸다.

여승들이 흰마신을 공격하러 날아오를 준비를 했다.

한데 감옥에 있던 여승들이 무너진 벽으로 탈출하여 흰마신을 가로막았다. 낭령이 주동하여 흰마신을 지켰다.

"배신자!"

여승들이 이를 갈았다. 그러나 반란에 가담했던 이들도

어차피 죽느냐 사느냐의 기로였다. 죽음을 불사하고 싸울 수밖에 없었다.

인은 사태는 싸늘하게 장내를 보았다. 반란을 일으킨 여승들의 수도 적지 않다. 아미파의 입장에서는 휜마신의 등장이 아닌 밤중에 날벼락과도 같았다.

뜬금없는 광인의 방문을 받고 문파가 뒤흔들리고 있었다.

휜마신은 아직도 머리를 뽑지 못해 아등바등했다. 주먹으로 지붕을 함부로 쳐 대서 철기와가 구겨지는 바람에 머리가 더 꽉 끼어 있었다. 하나 머리를 뽑는 데 그리 오래 걸리지는 않을 것이다.

더구나 그 앞에 있는 배신자들까지…….

인은 사태는 더 이상의 싸움이 무의미하다고 판단했다.

"모두 하산하세요."

여승들이 놀라 외쳤다.

"장문!"

"미친 자와 역도를 함께 상대할 필요가 없습니다. 청성파가 이미 보여 주지 않았습니까? 우리는 언제든 돌아올 수 있습니다."

일전의 반란으로 가뜩이나 피해가 컸다. 여기에서 더 피해를 입으면 재건이 불가능하게 무너질 수도 있었다.

"대불이 독룡에게 패하였으니 앞으로 무림의 판도가 뒤바뀔 것이에요. 아직 우리 아미파는 해야 할 일이 많이 남아 있습니다."

여기에서 심각한 피해를 입어 발목을 잡힐 순 없다.

인은 사태의 주도하에 여승들이 모두 물러날 태세를 갖추었다.

휜마신이 머리가 처박힌 상태 그대로 포효했다.

"어딜 달아나느냐!"

인은 사태가 검을 뒤로 하고 호흡을 골랐다. 그러곤 한 손을 들어 장력을 모았다. 길게 찢어진 눈꼬리에서 황금빛 광채가 빛났다.

인은 사태는 엄지와 검지를 펴고 나머지 손가락을 굽히고 전력으로 일장을 날렸다. 보기만 해도 목이 움츠러들 만큼의 막대한 기운을 담은 장력이 뿜어졌다.

멸절(滅絕), 항마대수인(降魔大手印).

반란에 가담한 여승들이 차마 인은 사태의 항마대수인을 막지 못하고 옆으로 피했다. 인은 사태의 항마대수인이 철와전의 대들보를 뭉갰다.

와르르르르르!

철와전의 지붕이 무너지며 머리가 끼어 있던 휜마신이 추락해 깔렸다.

"모두 흩어지세요!"

인은 사태의 명령에 따라 사방으로 아미파의 여승들이 달아났다.

뒤늦게 무너진 철와전에서 튀어나온 흰마신은 닭 쫓던 개처럼 누구를 쫓을까 고개를 두리번거렸다.

인은 사태가 외쳤다.

"일대 제자들이여!"

나이가 있는 제자들이 달아나다 말고 곧바로 돌아섰다. 그들은 자신들에게 주어진 임무를 깨달았다. 죽음을 각오하고 결연한 표정으로 흰마신에 맞섰다.

누구도 자신들에게 희생을 명령한 인은 사태를 욕하지 않았다.

어린 제자들은 흰마신의 일초도 감당하지 못한다. 그나마 흰마신에게 한 수라도 더 손을 쓰게 만들 수 있는 제자들이 목숨을 바쳐야 다른 이들이 달아날 수 있다.

"이야아아!"

흰마신은 귀찮게 달아나던 여승들이 돌아서자 얼굴이 밝아졌다.

부나방처럼 아미파의 일대 제자들이 흰마신에게 달려들었다.

* * *

진자강의 귓가로 바람이 세차게 지나갔다. 풍경들이 연이어 휙휙 지나쳤다.

몸 전체가 둑이 되고 단전이 되어 내공이 깊어졌다. 내공이 마르지 않았다. 내공을 아끼지 않아도 쉬지 않고 달릴 수 있었다.

배가 고프면 열매를 따 먹고 독초를 씹었다. 예전에는 오랫동안 먹지 않고도 참고 버틸 수 있었다. 식이는 신체를, 나아가 대자연에서의 균형을 지키는 일이었다. 허기 또한 대자연의 자연스러운 현상이었다. 그러므로 허기를 억누르지 않으면서 허기에 사로잡히지 않는 것도 혼원 안에서의 중요한 행위였다.

방종(放縱)과 무위자연 사이의 미묘한 경계선, 나태(懶怠)와 물아일체 사이의 아슬아슬한 균형.

그것이 혼원을 유지하는 힘이고, 옥허구광 오뢰합마공이 끌어내는 원천이다.

진자강은 독초를 씹으며 사천으로 계속해서 내달렸다.

머릿속으로 지금껏 얻은 단서들을 차근차근 곱씹었다.

범본이 아귀왕인가, 아닌가.

스스로 입을 열 리 없었다. 그에 대한 단서를 범본에게서 이끌어 내는 것도 굉장히 어려운 일이었다.

하여 진자강은 범본의 무공뿐 아니라 정신을 무너뜨리는 데에 더욱 집중했다. 그리고 범본은 결국 '스승'의 존재를 발설했다. 아마도 그대로 두었으면 범본이 어떤 식으로든 스승과 접촉하였을 터였다.

그러나 진자강의 생각과 달리 무너진 범본이 스승을 찾아가는 대신, 스승의 그림자가 범본을 찾아와 마무리를 지었다.

진자강의 대항마로 백리중을 끌어들임으로써 아귀왕은 범본의 존재를 지우기로 결정한 것이다.

그럼에도 진자강에게 수확이 전혀 없던 것은 아니었다. 그 짧은 사이에 몇 가지 단서를 얻었다.

범본은 무명노를 스승으로 착각하였는데, 무명노는 범본을 아명으로 불렀다. 즉, 아귀왕은 범본이 소림사에 들어오기 전 어릴 적의 스승인 것이다.

또 범본이 죽고 난 뒤 무명노의 수하가 보고하였다.

—대불이 훤마신을 사천으로 보냈습니다. 뒤따라가 처리할까요?

—이번 일에 우리가 나선 건 예외적이었다. 형님은 강호의 일에 우리가 직접적으로 개입하는 걸 싫

어하신다.

—휜마신은 입적한 방장 외에 대불의 태생을 알고 있는 유일한 인물입니다.

—사천은 폐쇄적이라 보는 눈이 많아. 억지로 휜마신에게 손을 대면 꼬리를 잡힌다.

무명노의 수하가 분개했다.

—염왕을 완전히 끝내지 못한 것이 이렇게 발목을 잡는군요. 그놈이 사천을 하도 들쑤시고 다녀서 우리 사람들을 모두 철수시키는 바람에…….

쯧, 하고 무명노가 혀를 찼다.

—용이는 사형인 휜마신을 필요한 순간에 자신의 그림자로 쓰려고 일부러 제거하지 않았다. 소림사의 방장으로서 직접적인 활동을 하기엔 한계가 있으니, 아마도 휜마신을 음지에 두고 나와 같은 역할을 시키려 하였겠지. 하나 그 때문에 어떤 실마리도 남겨두지 말라는 형님의 말씀을 어긴 셈이 되었다. 그것이 용이가 형님의 눈 밖에 난 이유다.

—하면…….

무명노가 말했다.

—두어라. 어차피 훤마신은 미친 자. 아무도 그의 말을 귀담아듣지 않을 것이다. 누가 훤마신에게서 우리의 자취를 찾으려 하겠느냐.

"내가."
진자강이 읊조렸다.
"내가 찾을 겁니다."
진자강의 신형이 쾌속하게 질주해 나아갔다.

* * *

훤마신은 여승들의 피를 뒤집어쓰고 혈인이 되었다.
그러곤 당가대원으로 곧장 달려갔다. 다친 나한승을 어깨에 지고 그의 상처가 곪건 말건 속도를 내었다.
나한승은 훤마신의 어깨에 들쳐 업혀 고통스러워하며 이를 깨물었다.
미친놈이라고 욕을 해 봐야 본인만 힘들 뿐이다.

"끼니를 먹지 않았소……! 조금만 쉬었다가……."

"안 돼!"

훤마신이 으르렁거렸다.

"덥힌 피가 식기 전에 여인을 죽여야 한다!"

뒤집어쓴 여승들의 피는 피딱지가 되어 굳은 지 오래다. 훤마신이 덥게 느끼는 건 나한승에게서 쏟아지는 피다. 그러나 나한승이 그에 대해 말할 수 있을 리 없었다.

"조, 조금만 살살……!"

"한 마디만 더 하면 목만 들고 가겠다!"

아미산에서 당가대원까지는 길을 따라 칠팔백 리가 된다. 그러나 직선으로는 오백 리가 채 되지 않았다. 훤마신은 가로막는 나무를 머리로 부수고 절벽을 오르내렸으며 강 위를 뛰어넘었다.

마침내 당가대원이 훤마신의 눈앞에 보였다.

"보아라! 피가 식기 전에 도착하였다!"

"……."

그러나 나한승은 대답이 없었다.

훤마신이 어깨에 들쳐서 잡고 있던 다리를 제외하고 등에 걸쳐 있던 나한승의 상체는 온갖 곳에 부딪혀 걸레짝으로 변해 있었다. 목만 들고 가겠다 협박했지만 결국 다리만 들고 온 셈이 되었다.

휜마신은 죽어서 굳은 나한승의 시신을 바위 위에 조심스럽게 누였다.

"저런…… 많이 힘들었구나. 금방 올 테니 죽지 말고 기다려라."

휜마신이 당가대원으로 쏜살같이 달려갔다. 당가대원은 폐쇄성의 상징이던 외벽을 허물어 담장이 없었다. 대신 무사들이 경계하며 외벽 쪽을 지키고 있었다.

휜마신이 달려가며 외쳤다.

"여인을 내놓아라!"

* * *

휜마신의 등장을 알리는 종이 긴급하게 울렸다.

"휜마신이 외원에 침입하였습니다! 앞을 모조리 부수고 들어옵니다!"

"일반 무사들로는 휜마신을 막지 못합니다!"

당가의 장로들 표정이 어두워졌다.

당가의 상황도 아미파와 다르지 않다. 예전처럼 사람이 남아돌던 때가 아니다. 소림사의 공격과 연이은 반란으로 수많은 고수들과 그들을 지탱하는 무사들이 죽었다. 한 명의 인재가 아까울 때다. 겨우 사람을 끌어모았는데 여기서 더 피해를 입는다면 회복이 크게 늦을 것이다.

휜마신의 습격에 대비해 회의에 참가하고 있던 독문 사벌의 수장들이 서로 눈짓을 주고받았다. 더불어 검왕 남궁락과 검후 임이언도 부상이 낫지 않은 몸을 일으켰다.

"밥만 축내던 식객들이 드디어 밥값을 할 시간이 된 것 같소."

*　　*　　*

쾅!

휜마신이 자신의 앞을 가로막은 담장을 들이받았다. 흙과 돌이 부서지고 담장의 안쪽의 덧대어 지지력을 보강한 철물이 휘었다. 휜마신은 철두공에도 한 번에 무너지지 않은 담장이 귀찮아져서 화를 냈다.

손가락을 벌린 채로 손을 활짝 펼쳐서 장으로 반쯤 부서진 담장을 재차 가격했다.

여래신장!

와지끈! 철물들이 끊기면서 벽이 터져 나가고 구멍이 생겼다.

휜마신이 씩씩대며 소리를 질렀다.

"여자를 내놓아라! 너희들이 시간을 끌어 저놈이 죽으면 너희 중에 다른 놈이 나와 함께 소림으로 가야 한다!"

흰마신의 옆 담장 위에서 누군가 대꾸했다.

"그거 재미있는 제안이구려. 소림사 출신에게 숭산 안내를 받을 기회라니, 내 놓치지 않고 싶소이다."

남궁락이 담장 위에 서 있었다. 늑골이 나가고 발목이 부러지는 큰 부상을 입었던 터라 몸이 불편했지만 그렇다고 검왕의 기개가 사라진 건 아니었다.

"승려였던 자가 백주에 여인을 찾다니. 미친놈이 아니라 색마였구나."

흰마신이 눈이 뒤집혀 뒤를 돌아보았다. 검후 임이언이 경멸의 빛을 담고 흰마신을 내려다보고 있었다. 흰마신의 눈썹이 비틀렸다.

남궁락과 임이언뿐만 아니라 천면범도 노관과 빈의관 백오사, 매광공부의 탑탁연도 차례로 나타나 흰마신을 둘러쌌다.

내로라하는 고수들에게 둘러싸여 있는데도 흰마신은 주눅 들지 않고 일갈했다.

"쓸모없는 것들은 꺼지고 여자와 아이를 내놓아라!"

탑탁연이 큰 귀를 팔랑이며 흰마신의 목소리를 듣고 말했다.

"누굴 찾는지 알지만 그냥 데려갈 수 있나. 두 다리를 자르고 팔 하나를 내놓으면 데려가 주지."

휜마신이 갑자기 귀를 쫑긋했다.

"진짜냐?"

휜마신은 정말로 그러면 되나 싶어 고민하며 자신의 다리를 내려다보았다.

"흐음, 그럼 여자와 아이의 앞까지 데려다준다 이거지."

진짜로 그러겠다는 투라 탑탁연이 다 찔끔했다.

"이봐. 설마 정말 자를 셈이냐? 다리를 자르면 어떻게 소림사까지 돌아가려고."

"뛰어가면 된다."

"다리도 없이?"

휜마신이 이상하다는 듯 되물었다.

"다리가 없으면 못 뛰느냐?"

탑탁연은 화를 냈다.

"다리가 없어도 뛸 수 있으면, 눈이 먼 나도 앞을 볼 수 있겠군!"

휜마신이 빤히 탑탁연을 보고 말했다.

"눈이 멀었는데 어찌 앞을 보지? 이상한 말을 하는 놈이로다."

탑탁연은 욱하여서 얼굴을 붉혔다.

휜마신이 그런 탑탁연에게 진지하게 말했다.

"하지만 내 다리는 너무 단단해서 잘리지 않는다. 어째야 하는고?"

탑탁연은 어이가 없어 이를 갈았다.

"그걸 왜 내게 물어!"

노관이 탑탁연을 타박했다.

"미친 자와 이상한 소리를 나누지 마시오."

탑탁연은 화도 나고 머쓱하기도 하여 머리를 긁었다.

빈의관의 새 수장인 백오사가 거대한 철제 관을 메고 앞으로 나섰다. 쿵, 쿵. 한 걸음을 내디딜 때마다 철관의 무게에 육중한 진동이 울리며 발자국이 찍혔다.

"저 미친놈이 대불에 버금가는 고수란 것인가? 보고도 못 믿겠소. 내 먼저 손을 섞어 보리다."

훤마신이 백오사를 쳐다보며 환호했다.

"잘됐다!"

"음?"

훤마신이 갑자기 발을 구르며 백오사를 향해 몸을 날렸다.

"내 대신 네가 팔다리를 잘라서 내놓으면 되겠구나!"

"이런 미친!"

백오사가 자신의 키보다 큰 철관을 양손으로 잡고 휘둘렀다.

큐우우웅! 묵직한 파공음이 울렸다. 훤마신은 날아가던 그대로 머리를 앞세웠다. 철관이 훤마신의 머리를 강타했다.

콰직! 철관의 뚜껑 가운데가 움푹 우그러들었다. 백오사는 훤마신의 일격에 뒤로 튕겨 나갔다. 철관은 뚜껑이 들려서 패인 채로 바닥에 내팽개쳐졌다.

다들 훤마신의 철두공에 경악했다. 특히나 백오사는 금이 간 늑골을 붙들고 어이없이 팬 철관을 바라보았다.

훤마신은 잠깐 비틀거렸다가 머리를 흔들었다. 머리가 좀 벌게진 것 빼고는 멀쩡했다.

"무식한 중놈들."

임이언의 읊조림에 훤마신이 화를 내며 달려들었다.

"나를 욕하는 건 참을 수 있지만, 사제를 욕하는 건 못 참는다!"

"뭣이?"

훤마신의 말을 듣고 있으면 듣고 있는 이도 정신이 이상해질 지경이었다.

임이언이 침착하게 검기를 뽑아 훤마신에게 응수했다. 의복을 입은 부분은 어차피 철포삼으로 막혀 소용이 없으니 연용사애검으로 훤마신의 드러난 손목과 목덜미, 인중 등의 요혈을 날카롭게 베었다.

카라락! 연용사애검의 검기가 딱딱한 바위를 벤 것처럼 거친 소리를 내며 휜마신을 긁었다. 하나 휜마신은 온몸에 철갑을 두른 듯 몸에 붉은 흔적만 남았을 뿐이다.

휜마신이 아랑곳 않고 손을 뻗어 임이언을 잡으려 들었다. 마구잡이로 손가락을 뻗는 듯하였으나 소림사의 상승 금나수법들이 복잡하게 엉킨 수법이었다. 임이언은 몸을 빼면서 휜마신의 몸을 긁어 댔다.

카칵! 카각! 벌건 줄이 계속해서 그어졌다.

휜마신은 약이 올랐는지 발을 구르며 임이언을 쫓아갔다. 단순무식하게 직선으로 따라가다가 갑자기 공간을 뚝 건너뛴 것처럼 임이언의 앞에서 불쑥 튀어나왔다. 임이언은 급히 내공을 돌리며 몸을 틀었다. 임이언은 이마를 찌푸렸다. 아직 회복이 완전하지 않은 터라, 갑자기 내공을 움직이는 것이 몸에 부담이 되었다.

휜마신이 임이언의 다리를 걸면서 어깨로 임이언의 얼굴을 밀치고, 반 바퀴 돌아 뒷다리로 복부를 걷어찼다. 미친 자라고 보기 어려운 깔끔한 연환퇴의 초식이었다. 임이언은 걸린 다리를 들어 올리고 한 다리로 중심을 잡으며 허리를 누여 휜마신의 어깨까지 피했다. 휜마신의 발이 허공에서 궤적을 틀어 임이언의 무릎을 찼다.

남궁락이 개입하였다. 휜마신의 위에 거꾸로 서서 손바

닥을 들었다. 손이 들리자마자 휜마신의 머리가 흔들리며 둔탁한 소리가 울렸다.

퍼퍼퍽. 순식간에 십 회 이상의 타격이 이루어진 것이다. 그러나 휜마신은 임이언에 대한 공격을 멈추지 않고 한 손을 남궁락에게 뻗어 대응했다.

남궁락이 공중에서 절대만검을 펼쳤다. 순간 휜마신이 용조수로 검을 덥석 쥐었다. 남궁락의 검은 작하신검이 아니라 당가에서 빌린 검이다. 명검은 아니라도 평범한 장검은 아닌데 검기까지 나와 있는 것을 맨손으로 잡은 것이다.

꽈드득!

절대만검이 펼쳐지기도 전에 검의 중간이 깨지고 구겨졌다. 휜마신이 동시에 임이언을 연속으로 걷어찼다. 임이언이 검으로 휜마신의 발을 찌르며 거리를 벌리려 하였으나, 휜마신의 발목이 훅 꺾이더니 발끝을 튕겨 임이언의 손목을 찼다.

임이언은 검을 놓치지 않았으나 손목의 혈을 정확하게 찍혀 오른팔에 마비가 왔다. 팔꿈치까지 굳어 갔다. 임이언은 완전히 팔을 못 쓰게 되기 전에 강제로 검강을 뿜어내어 막힌 기혈을 타통시켰다. 어차피 검기가 통하지 않는 상대이니 방법이 없었다.

검강의 내공이 손목의 꽉 막힌 기혈에 몰렸다가 꽃봉오리가 열리듯 터져 나와 검 끝에서 맺혔다.

임이언이 매섭게 몸을 돌리며 휜마신의 전신을 검강으로 찍었다.

휜마신이 찔러 오는 검을 먼지 털듯 양손으로 마구 쳐 냈다.

두둥 두우웅! 두웅!

검강에 닿을 때마다 휜마신의 손에서 종 두드리는 소리가 났다. 휜마신이 힘껏 검을 손바닥으로 쳐 내며 중심이 흩어진 임이언을 걷어찼다. 임이언이 배를 맞고 뒤로 밀려났다.

검강을 때린 휜마신의 손도 멀쩡하진 않았다. 불에 살이 녹은 것처럼 손바닥이 죽죽 팼다.

그런데 손바닥은 쳐다도 보지 않고 휜마신이 돌연 코를 킁킁거렸다.

"젖내가 난다. 가까이에 있구나!"

휜마신이 고개를 두리번거리는 사이, 구겨진 검을 버린 남궁락이 바닥에 착지하며 손을 들었다.

"검!"

나살돈의 천면범도 노관이 남궁락에게 검을 던졌다. 남궁락이 검을 잡고 바로 절대만검의 기수식을 취했다. 휜마신의 등으로 거센 압력이 쏟아졌다.

남궁락이 천천히 검을 내밀었다. 훤마신의 등에 수십 개의 검흔이 생겨났다. 훤마신은 크게 숨을 들이쉬었다가 등의 충격을 이용해 오히려 앞으로 쏘아져 나갔다.

앞쪽에 있던 임이언이 훤마신의 몸에 부딪혀서 나동그라졌다.

"허! 달아나는 거냐?"

"너희들에게는 볼일 없다!"

탑탁연이 담장 위에서 아래로 뛰어내리며 훤마신을 향해 곡괭이를 휘둘렀다.

"나는 있다!"

쇠가 섞인 바위도 쪼개는 위력이 담긴 곡괭이다.

꽝!

훤마신의 어깨에 곡괭이가 찍혔다. 곡괭이의 날이 철포삼을 깨뜨리고 들어갔다. 살에는 박히지 않았으나 내려친 곡괭이의 충격에 훤마신도 한쪽 무릎이 굽혀졌다.

"맛이 어떠냐, 이 미친놈아!"

그러나 돌진은 막았으되 그것으로 훤마신에게 부상을 입힐 수는 없었다. 훤마신은 무릎을 굽히자마자 쭉 펴서 머리로 탑탁연을 들이받았다. 탑탁연은 곡괭이 자루로 몸을 가로막았다.

으지직. 자루가 으깨지고 곡괭이의 머리가 날아갔다. 탑탁연은 피를 뿜으며 담장까지 밀려나 처박혔다. 휜마신이 그대로 담장을 밀고 달렸다.

쿠웅 쿠르르르.

벽돌이 무너지고 담장에 구멍이 뚫렸다.

백오사가 담장 뒤에 있다가 튀어나온 휜마신을 구부러진 철관으로 후려쳤다.

콰앙. 휜마신의 머리가 완전히 뒤로 젖혀졌다. 달려가던 다리가 몸을 지나쳐서 앞으로 가다가 허공으로 부웅 떴다. 몸이 거꾸로 한 바퀴를 돌았다. 휜마신은 돌아서 바닥에 착지한 다음, 최대한 웅크렸다가 펴며 뛰어올랐다.

공중에서 휙 하니 바람이 일었다. 뛰어오른 휜마신의 머리 위로 더 높이 뛰어오른 이가 있었다.

육하선이 대도를 들고 힘껏 내려쳤다. 휜마신이 손바닥을 들어 태산압정을 막아 냈다. 두우웅! 휜마신의 손바닥에서부터 어깨, 몸으로 종소리가 울렸다. 육하선의 태산압정도 휜마신을 막아 내지는 못했다. 휜마신이 공중에서 몇 번이나 몸을 틀면서 거구라고는 믿기 어려울 만큼 날렵하게 발을 날려 댔다. 육하선이 몇 번을 걷어 채여 바닥으로 떨어졌다.

휜마신은 자신의 왼 발등을 오른발로 찍고 공중으로 재

도약했다. 그리고 또 한 번을 더 뛰어올랐다. 거의 이십여 장 이상을 뛰어오른 훤마신이 눈을 희번덕대었다.

"찾았다!"

담장 위로 추락하듯 뛰어내린 훤마신이 기와를 밟고 가장 높은 담으로 뛰었다.

캬아아아!

담 위에서 허연 원숭이가 뛰어나와 이를 드러내었다. 훤마신이 깜짝 놀라 공중에서 고개를 뒤로 빼었는데, 백원이 훤마신의 품으로 날아들었다. 백원에게는 무각이 안겨 있었다.

"이노옴! 금종조 정도로 날뛰지 말거라—!"

무각이 부목을 댄 손가락으로 훤마신의 가슴을 짚었다.

콰— 아— 앙!

훤마신은 그대로 추락했다. 상의가 발기발기 찢기고 가슴 한쪽이 살짝 짓뭉개져서 퍼렇게 멍이 들었다.

훤마신은 바닥에 처박혔다가 벌떡 일어났다. 그러나 다리가 풀려 무릎을 꿇었다. 백오사가 철관을 들어 못을 박듯 훤마신의 머리와 등을 내려쳤다.

콰앙 쾅 쾅!

훤마신의 몸이 바닥의 청석을 깨고 박혔다. 백오사가 계속해서 철관으로 두들겨 팼다. 훤마신은 엎어진 채 몸이 반이나 파묻혔다. 백오사의 철관은 완전히 휘어져 버렸다.

"퉤."

백오사는 침을 뱉고 한 번 더 철관으로 훤마신의 뒤통수를 찍었다. 훤마신은 얼굴까지 처박혔다.

얼마 지나지 않아 남궁락과 임이언, 삼별의 수장들이 훤마신의 주위로 몰려들었다. 훤마신은 죽은 듯 꼼짝도 하지 않았다.

"지독하군."

탑탁연이 치를 떨었다. 내로라하는 고수들이 전부 달라붙어서 겨우 제압하였다.

극에 이른 소림사의 호신강기는 정말로 끔찍했다. 무각이 없었으면 제압하는 데에 더 고생하였을 것이다.

"이자가 범가인가요."

당가의 무인들이 호위하는 가운데 당하란이 독천을 안고 나타났다.

"무공을 폐하고 절옥에 가두어 무슨 일이 있었는지 들어야겠습니다."

하지만 그때 훤마신의 손가락이 꿈틀거렸다.

백원이 소름 끼치도록 크게 소리를 질렀다.

키야아아아!

훅! 훤마신의 몸이 엎어진 자리에서 사라졌다. 동시에 당하란과 당가 무인들의 뒤쪽에서 흐릿한 그림자가 나타났다. 당하란의 머리 위로 훤마신의 커다란 그림자가 드리워졌다.

남궁락이 소리쳤다.

"이형환위!"

훤마신이 당하란을 내려다보며 손을 치켜들었다. 당하란은 고개를 돌려 훤마신을 빤히 올려다보았다. 독천도 울지 않고 순수한 눈망울로 훤마신을 쳐다보았다.

까르륵.

독천이 웃자 훤마신은 얼굴이 일그러졌다.

"나는 세상에서 아이가 제일 싫다!"

훤마신은 당하란과 독천을 양 손바닥으로 잡아 쥐려고 했다. 그러나 그보다 먼저 훤마신의 몸이 공중으로 들렸다.

"나는 좋습니다만."

진자강이 훤마신의 가슴에 손가락을 찍어 넣고 훤마신을 위로 들어 올리고 있었다.

"독룡!"

모든 이들이 환호에 가깝게 외쳤다.

무각이 어이없어하며 너털웃음까지 터뜨렸다.

"어허, 지금 내가 눈으로 보고 있는 게 맞느냐?"

육하선도 반쯤 웃음이 담긴 목소리로 대답했다.

"아마도. 제 눈까지 잘못된 게 아니면 맞는 것 같습니다."

눈이 보이지 않는 탑탁연만 귀를 모으고 어리둥절해하였다.

"뭐야, 뭐가 어떻게 된 것이야? 독룡이 뭘 어쨌다고 자꾸 기분 나쁘게 눈 타령이야."

남궁락마저 허허, 하고 실없이 웃었다.

"독룡이 금종조를 무시하였소이다."

"뭐요?"

그제야 탑탁연도 어이없어했다.

휜마신의 가슴에 손가락을 박아 든 채로, 진자강이 당하란을 보았다.

당하란이 살짝 미소 지었다.

"얼굴이 더 환해졌네."

"일이 잘됐습니다."

"응, 그럴 거라 믿었어."

당하란이 방실방실 웃고 있는 독천이의 얼굴을 진자강 쪽으로 향했다.

"그리고 우리 독천이에게는 또 이모가 생겼더라?"

흠칫.

영귀가 데려온 안령을 말하는 것이다.

"이모가 아니라 부상이 심해서……."

진자강은 한숨을 쉬었다.

당하란이 웃는 눈으로 진자강을 쳐다보았다.

"지금 한숨 쉰 거야?"

진자강은 바로 정색했다.

"아닙니다."

"한숨 쉴 사람이 누군데. 이따 봐."

당하란은 독천을 안고 싸움에 방해가 되지 않도록 멀찍이 물러섰다.

꺄아아꺄아아.

백원이 진자강을 비웃더니, 당하란의 주위를 방방 뛰며 따라가고 독천도 연신 꺄륵 거리며 웃었다.

방금까지만 해도 무겁게 가라앉아 있던 장내의 분위기가 순식간에 바뀌어 있었다. 공포감이 사라지고 안도의 느낌이 들었다.

훤마신보다 진자강의 존재감이 더욱 커서 생겨난 일이다.

진자강은 낮은 한숨을 토하며 훤마신을 올려다보았다.

훤마신은 가슴뼈가 들린 데다 두꺼운 목 때문에 아래를 내려다볼 수 없었다.

때문에 얼떨떨했다. 자기 발이 왜 떠 있는지 바로 인지하지 못하고 있었다.

한동안을 어리둥절해하다가 뒤늦게 화를 내며 진자강의 머리를 향해 손을 뻗으려 했다.

"네가 이들의 진짜 왕이냐!"

진자강이 대답하지 않았다. 손가락을 휜마신의 뼈까지 박아 넣고 있다가 힘껏 쥐고 더 올려 들었다.

"끄윽!"

휜마신이 버둥거렸다. 휜마신은 진자강의 팔목을 잡고 다리를 들어 진자강의 팔을 감았다. 웬만한 사람의 몸통보다 두꺼운 다리가 진자강의 팔과 어깨에 얽혔다. 휜마신이 힘껏 다리를 조이며 비틀었다.

"……."

당연히 뼈 부러지는 소리가 났어야 함에도 아무런 일도 벌어지지 않았다. 진자강의 팔은 고목나무처럼 굳건히 휜마신을 들고 있을 뿐이다.

진자강이 손을 하늘로 치켜들었다가 휜마신을 바닥에 내동댕이쳤다.

콰앙!

바닥이 폭발하듯 터지며 휜마신은 등부터 처박혔다. 숨이 턱 막혔다.

가슴을 만져 보았다. 다섯 개의 손가락 자국이 남았다. 금종조의 질긴 살갗이 쑥 들어가 있었다. 살갗이 뚫리지 않아 피는 나지 않았지만 뼈까지 들어갈 정도로 구멍이 깊이 팬지라 기분이 이상해졌다.

휜마신의 얼굴이 일그러졌다.

"크아아!"

양손으로 바닥을 때려 반동으로 몸을 일으키곤, 머리로 진자강을 받았다.

진자강은 슬쩍 허리를 비키며 휜마신의 뒤통수를 손으로 잡아 눌렀다. 그러곤 무릎으로 휜마신의 얼굴을 올려쳤다.

뻐억!

휜마신은 들이받던 속도만큼이나 빠르게 머리가 뒤로 튕겨졌다. 얼굴에서 피가 튀었다.

휜마신은 비틀거리면서 한 걸음을 물러섰다. 코가 왕창 비뚤어져서 피가 줄줄 흘렀다.

백오사의 철관을 맞고도 멀쩡했던 휜마신이 벌써부터 피를 흘리고 있다!

휜마신은 눈을 번뜩였다. 수인을 맺으며 진자강을 후려쳤다.

여래신장!

진자강이 피하지 않고 작열쌍린장으로 휜마신과 손을 맞대었다.

펑! 마주친 손바닥에서 원을 그리며 파공이 일었다. 맞댄 손에서 아지랑이가 피어올랐다.

지직, 지지지직. 매캐하게 살이 타는 냄새와 함께 흰마신이 비명을 질렀다.

"크아아악!"

흰마신이 손을 떼고 물러섰다. 손바닥이 다 익어서 시뻘게지고 물집이 잡혔다. 구부렸던 손가락 세 개는 부러졌다. 흰마신은 고통으로 손을 부들부들 떨었다. 순식간에 이마에서 진땀이 배어나 송골송골 맺혔다.

흰마신이 고함을 지르면서 주먹질을 했다. 진자강이 똑같이 주먹을 뻗어 흰마신의 턱을 쳤다.

덜컥. 흰마신의 턱이 돌아갔다. 두꺼운 목도 소용이 없었다. 흰마신은 순간 정신을 잃고 흰자를 드러냈다. 그 자리에서 무너질 뻔하다가 겨우 버텨 섰다.

진자강이 주먹으로 흰마신의 복부를 가격했다.

두우웅!

흰마신의 내부에서 종소리가 울렸다. 흰마신은 고통을 참지 못해 웅크리고 배를 감싸 쥐었다. 진자강은 흰마신이 막거나 말거나 계속해서 주먹으로 배를 쳤다.

두웅 두우웅! 두웅!

배를 가린 흰마신의 손, 팔뚝에 진자강의 주먹이 작렬하며 연신 심한 종소리를 냈다.

진자강이 구부정하게 허리를 굽힌 훤마신의 관자놀이를 팔꿈치로 내려쳤다.

쩍!

둔탁한 소리와 함께 훤마신의 몸이 그대로 고꾸라졌다.

바닥에 얼굴을 박은 훤마신이 비뚤어진 코에서 코피를 줄줄 흘리며 눈을 끔벅거렸다.

도대체……?

장내의 이들은 진자강이 훤마신을 다루는 것을 보며 감탄을 금치 못했다.

금종조는 깨지지 않았다. 아니, 진자강은 금종조의 조문을 찾아 깨려고 하지도 않았다. 어차피 금종조가 제 역할을 하지 못하고 있다.

금종조가 내부를 보호하며 견뎌 낼 수 있는 이상의 힘으로 훤마신을 찍어 누르고 있어서다.

남궁락의 말처럼 진자강은 금종조를 무시하고 있었다.

하기사, 어쩌면 당연한 일인지도 모른다. 이미 진자강은 금종조의 위 단계인 금강불괴를, 대불 범본을 쓰러뜨리고 온 것이니까.

흰마신은 고개를 좌우로 흔들면서 일어났다.

진자강은 흰마신이 마음대로 하게 내버려 두지 않았다. 흰마신의 머리를 짓밟았다.

쿵! 흰마신은 고개를 들다가 다시 처박혔다. 손에 힘을 주어 일어나려고 하니 다리와 등은 들리는데 머리는 눌린 채라 목이 꺾였다.

으드드득.

흰마신이 이를 갈면서 머리 위에 놓인 진자강의 다리를 잡았다. 그리고 힘으로 들어 올리려 하였다.

진자강의 발이 조금씩 들렸다. 흰마신의 얼굴에 미소가 생겼다. 그럼 그렇지, 하는 표정이었다.

하지만 진자강은 흰마신의 머리가 땅에서 어느 정도 떨어지자마자 다시 발을 눌러 버렸다.

쾅!

겨우 일어서던 흰마신은 또 얼굴을 처박게 되었다. 바닥의 흙이 코피와 엉겨 붙어 눈도 잘 안 보이고 숨쉬기도 곤란해졌다.

"크윽, 커윽."

뒤통수를 밟은 발을 떼어 주지 않으니 도무지 벗어날 수가 없었다. 겨우 머리를 밟히고 있을 뿐인데!

"크으아아아!"

휜마신은 발버둥 쳤다.

"발! 내 뒤통수에 있는 이 발만 아니면…… 너는 죽었다!"

또다시 이상한 얘기를 하고 있는 휜마신이다. 그러나 진자강은 휜마신의 말을 진지하게 받아 주었다.

"그렇습니까?"

진자강이 발을 떼어 주었다.

휜마신은 흙과 피로 범벅이 된 머리를 치켜들었다. 무릎을 꿇고 일어나며 진자강을 향해 주먹을 날렸다. 진자강이 팔뚝으로 휜마신의 손목을 쳤다.

퍽! 휜마신의 팔이 아래로 떨어졌다.

반대쪽 주먹으로 재차 진자강의 머리를 쳐올렸다. 진자강은 똑같이 팔뚝으로 휜마신의 팔뚝을 내려찍었다. 휜마신의 팔이 또 튕겨졌다.

"크아!"

휜마신이 철두공으로 진자강의 가슴을 들이받으려고 무릎을 쭉 펴며 뛰려 했다.

진자강이 손바닥을 뻗어 휜마신의 머리통을 가로막았다.

턱! 머리가 막혀서 휜마신의 다리가 다 펴지지 않았다. 휜마신은 얼굴이 벌게지도록 힘을 주었다.

지이익, 진자강을 밀지 못하고 오히려 휜마신의 발이 뒤로 밀렸다.

진자강이 휜마신을 가만히 내려다보며 손에 힘을 주고 손가락을 조이기 시작했다.

옥허구광 오뢰합마공 구광제.

혼원(混元).

막대한 내공이 진자강의 기혈을 타고 전신을 흘렀다. 극한까지 활력이 넘쳐흘렀다. 내공의 일부는 손아귀에서 맹렬하게 회오리쳤다.

으직…….

손가락이 휜마신의 머리를 조여들었다.

휜마신의 눈이 크게 떠졌다. 머리통에 퍼런 핏줄들이 뱀처럼 돋았다.

"끅!"

뚜두둑.

머리뼈가 비명을 질러 댔다. 머리가 빠개질 듯하였다.

휜마신은 온몸이 경직되었다. 그러면서도 팔다리에서는 점점 힘이 빠졌다.

으지직.

"끄윽, 끅."

철두공이 진자강의 손에서 무참하게 깨지고 있었다. 금종조로 인한 외피는 그대로인데, 철두공으로 단련한 뼈가 안에서 으깨진다. 진자강의 장심에서 회오리치는 내공이 철두공을 와해시키고 있었다.

이대로라면 머리 가죽은 멀쩡해도 그 안이 터져 죽을 것이다.

으지직, 으직!

"끅……."

털썩.

훤마신은 다리를 부들부들 떨다가 결국 무릎을 꿇었다.

진자강에게 굴복한 것이다.

훤마신이 고개를 떨어뜨리고 입술을 덜덜 떨면서 말을 내뱉었다.

"임무를 마쳐야 하는데……."

범본에게 진 것은 훤마신의 정신에 깊은 상처를 남겼다. 사제에게서 벗어나는 것이 평생의 숙명이 되었다.

진자강이 말했다.

"대불은 죽었습니다. 임무는 끝났습니다."

훤마신의 눈동자가 흔들렸다. 그러나 훤마신은 진자강의 말을 듣지 못한 척 계속해서 중얼거렸다. 자신을 이긴 범본이 누군가에게 죽었다는 것을 인정하지 않는 흰마신이다.

"임무를 마쳐야 사제에게 벗어날 수 있는데……."

진자강은 눈을 가늘게 떴다. 흰마신이 속에 있는 얘기를 조금씩 늘어놓고 있다.

"왜 사제를 벗어나려 합니까."

"그래야 거기로 갈 수 있다."

"어디로 갑니까."

"사제가 온 곳."

흰마신의 대답을 들으며 다른 이들은 왜 진자강이 미친 자와 대화를 하고 있는지 의아해했다. 그러나 진자강은 진지했고, 흰마신 역시 진지하게 말하고 있었다.

다른 이들은 입을 다물고 조용히 지켜보았다.

진자강이 물었다.

"사제가 온 곳은 소림사가 아닙니까?"

"아니, 아니다. 사제는 아주 멀리서 왔어."

"거기가 어딥니까."

흰마신의 눈동자가 몽롱해졌다.

사부가 한 아이를 데려왔다.

열 살이 되지도 않았는데 덩치가 워낙 커서 벌써 어른만 했다. 범가보다도 더 컸다.

'네 사제다.'

혈연으로 이루어지는 무림세가와 달리 무림 문파는 기존의 인연에 의해 받아들이거나 무골이 뛰어난 아이를 직접 데려온다.

제대로 크지 못하면 적당한 때에 속가제자로 출가시키고, 재능과 인성이 뛰어나면 남겨서 본파의 제자로 키운다.

아이는 처음부터 곰처럼 아둔한 녀석이었다. 범가는 머잖아 아이가 속가로 내쫓길 거라 생각했다. 그런데 아이는 범본이라는 법명을 받고 기명제자가 되었다. 스무 살이 되고 서른이 될 때까지 쫓겨나지 않았다. 그러다가 마침내는 범가와 어깨를 나란히 하게 되었다.

범가는 그전까지 범본에게 단 한 번도 진 적이 없었다. 이미 금종조의 극에 달한 범가는 나한 중 최강이었다.

그러나 수나한의 자리를 놓고 싸운 날, 처음으로 범본에게 패했다.

그때에 알았다. 범본이 이미 금강불괴에 들어서 있었다는 걸.

"금강불괴…… 금강불괴. 금강불괴……."

휜마신이 중얼거렸다.

"금강불괴가 되고 싶습니까?"

"그래야……."

휜마신의 눈이 몽롱해졌다.

"내가 진짜 왕이 되어 소림을 구할 수 있다. 소림 장문보다 높은 건 왕뿐이다."

"대불을 이기고 싶은 거군요."

휜마신이 갑자기 소리쳤다.

"금강불괴가 되지 않으면 사제를 이길 수 없어!"

"왜 이기려 합니까. 본인이 장문이 되고 싶습니까?"

"사제는 이상해. 소림도 이상해졌다. 금강불괴가 된 진짜 왕만이 사제를 막을 수 있다. 내가 금강불괴가 돼야 진짜 왕이 되어 사제를 막을 수 있다."

정신이 나가 있었어도 소림사의 분위기는 느끼고 있었던 것인가.

"사부님이 말씀하셨다. 사제가 거기에서 잘못된 것을 배워 왔다고."

아귀왕!

휜마신이 분개하며 말했다.

"사제는 거기서 사부님 몰래 금강불괴가 되는 법을 배워 온 게 틀림없다! 그래서 내가 왕이 되지 못했던 것이야."

"거기가 어딥니까?"

"안 돼!"

훤마신이 또 소리를 질렀다.

"다른 사람은 안 돼! 모두가 이상해진다!"

진자강이 손에 힘을 주며 말했다.

"아까 내게 진짜 왕이냐고 묻지 않았습니까? 내가 여기 왕입니다."

"끅."

훤마신이 고통스러운 신음을 내뱉으며 눈동자를 들어 진자강을 올려다보았다.

막대한 내공에서 뿜어져 나오는 힘. 압도적인 무력.

훤마신은 높은 벽을 마주한 듯한 기분이 들었다.

"수라……, 수라의…… 왕!"

훤마신은 불현듯 중얼거렸다.

"수라의 왕이 명령한다……. 왕의 말은 절대적이므로 무엇이든 할 수 있다. 진짜 왕의 지엄함은 누구도 죽이라고 할 수 있다. 십중대계도 왕을 막지 못한다."

"그렇습니다. 그러니 대답하십시오. 대불은 어디에서 왔습니까."

훤마신이 외쳤다.

"왕이시여! 고하겠습니다. 월아(月牙)! 모래바람이 불어와 울음소리가 가득한 곳에서 사제가 왔습니다!"

월아는 초승달을 의미한다.

천면범도 노관이 소리쳤다.

"월아천! 명사산(鳴沙山) 월아천(月牙泉)일세!"

감숙성의 사막 한가운데, 수천 년 동안 마르지 않는 초승달 모양의 샘이 있기로 유명한 장소다.

"명사산 월아천."

진자강은 다시 한번 읊조렸다.

이제야 아귀왕의 행방에 대한 단서를 찾아내었다.

훤마신은 계속 소리를 지르면서 급격하게 흥분했다. 눈이 뒤집히기 시작했다.

"대비대자 도화홍통! 율섭 선섭 섭중계생, 남만불타아비불 보리살타관세음!"

훤마신이 버티면서 일어서려 했다. 눈이 희번덕거렸다. 멀찍이 비켜서 있는 당하란과 독천을 노려보며 악을 썼다.

"왕이시여! 허락해 주십시오! 저들을 죽이고 자유의 몸이 되겠습니다!"

진자강이 즉답했다.

"불허(不許)!"

"그럼 나를 놓아주십시오! 왕이 없을 때 몰래 죽이고 가겠습니다!"

"불허한다."

"왕이시여, 고하나니 나는 모래바람 속으로 들어가 금강불괴가 되겠습니다! 그리고 왕이 될 것입니다!"

"마찬가지로 불허한다."

휜마신이 빠드득 이를 갈았다. 전신에서 살기가 솟구쳤다.

"그럼 너를 죽이고 내가 왕이 되겠다!"

휜마신의 솜털이 솟구치고 근육이 팽팽하게 부풀었다. 강제로 일어서려 하였다.

"크아아아아!"

휜마신이 막 한 발을 딛고 일어서는 순간 진자강의 손바닥에서 내가중수법의 장력이 뿜어져 나왔다. 혼원의 내공이 휜마신의 방독 능력을 일순간에 무력화시키고 독기와 함께 머리로 스며들었다.

퍽.

자그마하게 휜마신의 머릿속에서 무언가 터지는 소리가 났다.

진자강이 차갑게 말했다.

"그것도 불허한다."

휜마신의 부릅뜬 눈에 서서히 피가 들어찼다.

코와 입에서 숨을 쉴 때마다 그륵거리면서 피거품이 끓어올랐다.

그르륵, 그륵.

수라혈이 훤마신의 전신을 타고 돌았다.

훤마신의 내부가 녹기 시작했다.

"왕……."

훤마신은 이를 갈면서 진자강을 노려보았다.

그르륵.

"왕……."

그르륵.

훤마신의 눈에서 생명의 빛이 꺼져 갔다. 진자강은 훤마신의 머리를 잡고 한 바퀴를 돌렸다. 아이의 몸통만큼이나 굵은 목이 여지없이 비틀렸다.

우두둑!

훤마신이 고꾸라졌다.

훤마신을 완벽하게 제압한 진자강의 모습은 무신(武神)에 가까웠다.

모두가 진자강을 바라보았다.

"이젠 더 이상 그냥 수라가 아니로군."

탑탁연의 중얼거림을 육하선이 받았다.

"수라의 왕이지."

진자강이 남궁락에게 걸어갔다. 그러곤 뒤춤에서 작하신검을 꺼내 내밀었다.

남궁락은 반 토막이 된 작하신검을 보고 허탈하게 웃었다. 처음부터 그리될 거라고 진자강이 말했지만 정말 이렇게 될 줄은 몰랐다.

"절대만검 덕분에 대불을 쓰러뜨릴 수 있었습니다."

남궁락이 작하신검을 거두며 말했다.

"자네가 내 대신 한 셈 치지."

임이언이 다가왔다.

"손비는 어디에 있는가?"

"떠났습니다."

담백한 진자강의 말투에 임이언은 '아!' 하고 낮은 탄성을 냈다.

무슨 일이 있었는지 직감한 듯했다.

"그럼 나도 더는 여기에 있을 필요가 없게 되었군. 그간 신세 많이 졌네."

임이언은 뭇 사람들에게 즉시 작별을 고했다. 부상이 모두 낫지 않았음에도 허리를 꼿꼿하게 세우고 조금의 지체도 없이 그대로 당가대원을 떠났다.

무각은 육하선의 도움을 받아 훤마신의 주검에 다가갔다. 훤마신의 목을 원래대로 돌려놓게 하고 손가락으로 훤마신을 쓰다듬으며 불경을 외웠다.

불경 소리가 울리며 당가 무사들이 어지럽혀진 공간을

치우는 내내…… 진자강은 계속해서 생각에 잠겨 있었다.

*　　*　　*

회의가 열렸다.

무각과 당가의 수뇌, 독문 사벌이 함께했다.

무각이 입을 열었다.

"불문에서는 인연을 매우 중시한다. 때문에 소림사의 모든 제자들은 제자를 들이기 전에 반드시 강호행을 하게 되어 있지. 아마 전 방장도 그러면서 대불을 만나게 되었을 게다."

육하선이 말했다.

"훤마신이 말하길 그의 사부가 대불이 잘못된 것을 배워 왔다고 했습니다. 훤마신은 그것이 금강불괴라고 생각하고 있는 듯했지만, 아마도 대불의 올바르지 못한 신념을 말하는 것일 겁니다."

"그렇겠지."

진자강이 말했다.

"대불은 제 앞에서 몇 번이나 스승을 언급했습니다. 방장 대사의 눈에 띄어 소림사에 들어가기 전에 이미 스승이 있었습니다."

다들 그 스승이 아귀왕이라는 것을 직감했다.

당하란이 죽간 몇 개를 펼쳐 놓았다. 회의를 하기 전 모든 인력을 동원해 월아천과 주변에 대한 단서들을 수집해 놓은 것이다.

"월아천에는 커다란 장원과 사 층 전각이 있습니다. 전각은 객잔으로 쓰이고 장원은……."

당하란이 잠시 말을 끊었다가 모인 이들을 둘러보며 천천히 말을 이었다.

"고아들을 키우는 육영당(育嬰堂)이라고 합니다."

모두의 눈빛이 묘해졌다. 당하란이 왜 중간에 말을 끊었었는지 이해했다.

고아들을 키운다!

그것은 매우 유의미한 단서였다.

"이백 년이 넘은 전통의 육영당이라고 합니다. 그리고 지금도 여전히 남아 있습니다."

범본은 그곳에서 어린 시절을 보냈다. 그리고 그곳에서 스승으로 아귀왕을 만났다고 한다면!

모두가 깨달았다. 월아천 육영당은 단순히 고아를 돌보기만 하는 곳이 아닐 수 있다.

노관은 퍼뜩 깨달았다.

그가 외치듯 말했다.

“돈황! 돈황일세. 명사산 월아천의 옆에는 거대한 사막 도시인 돈황이 있지.”

노관은 살수로서 많은 곳을 돌아다녔다. 그중 돈황도 가본 적이 있다.

“돈황은 중원에서는 가장 변방인 동시에 사막 한가운데에 존재하네. 일반 사람들은 쉽게 접근하기 어렵고, 굳이 갈 필요를 못 느낄 만한 곳이니 눈에 띄지도 않지. 반면에 서역과 중원을 잇는 중요한 교역로로써 무수한 상행이 매일 돈황을 지나가네.”

노관이 설명을 계속했다.

“즉, 지리적으로 서역과 중원에서 나는 모든 정보를 취할 수 있으며 사람을 부리는 것도 쉽네. 서역인과 중원인들이 어울려 있으므로 언제 어디서 어떤 모습의 사람들이 오가도 이상해 보이지 않는 곳이지.”

육하선은 소름이 끼치는지 팔을 쓸었다.

“만일 아귀왕의 세력이 숨어 있다면 가장 최적의 장소로군.”

당가의 장로들이 말했다.

“그럴 수 있소이다.”

“만일 돈황이 아귀왕의 근거지라면 중원에서 아귀왕의 흔적을 찾기 어려웠던 이유가 설명되오.”

"분명히 중원 전역에 영향력을 끼치고 있는데 도무지 어디서 연락망이 시작되는지 알 수 없다 싶더니……."

진자강이 말했다.

"상계입니다."

아귀왕은 상계와 깊은 관계를 가지고 있었다.

수시로 오가는 상단을 이용하여 정보를 주고받으며 지령을 내렸다고 한다면 모든 것이 설명된다…….

장로들과 무각, 독문 사벌이 서로를 돌아보았다.

아귀왕…….

아귀왕의 근거지로 가장 의심스러운 장소를 알게 된 것이다.

한참의 침묵 뒤에 백오사가 말했다.

"용담호혈(龍潭虎穴). 강호 전체를 쥐고 뒤흔든 자의 소재지올시다. 무엇이 기다리고 있을지 알 수가 없소."

육하선이 진자강에게 물었다.

"무명노의 무위는 어떻게 판단할 수 있는가?"

"훤마신에 뒤지지 않아 보였습니다."

당가의 장로들이 탄식했다.

"그런 자가 얼마나 더 있을지……."

진자강은 몰라도 다른 이들은 감당할 수 없다.

당가의 장로들이 진지하게 당하란을 주목했다.

만일 그곳에 대불 같은 괴물이 몇이나 더 있다면 당가의 힘만으로는 대응할 수 없다. 복잡한 도시 내에서의 싸움이 될 수도 있었다. 기본적인 인원도 많이 필요하지만 고수들도 필요하다.

한 장로가 신중한 얼굴로 제안했다.

"다른 문파에 도움을 청해야 하네."

하지만 반대 의견도 있었다.

"강호 문파의 태반이 내분으로 망가졌고, 남은 문파의 반이 또 정의회로 넘어갔소이다. 우리를 도울 여력이 있는 문파가 거의 없소."

재정착한 청성파에서는 분명히 당가를 도와줄 것이다. 하나 아미파는 훤마신에게 초토화되어 주인이 바뀌었다. 인은 사태는 청성파에 몸을 의탁하고 있는데 아미파의 문제 때문에 이번 일에 도움을 달라고 하기 어렵다.

"너무 많은 문파들을 끌어들이려 하면 정보가 샐 수도 있소. 우리가 돈황을 찾아가기 전에 달아나거나 흔적을 지울 수도 있소이다."

"하나 그렇다고 해도, 섶을 지고 불로 뛰어들 수는 없소. 섣불리 건드리면 당하는 건 우리가 될 거요. 설사 우리가 이긴다고 해도 일망타진하지 못하면 강호에서 어떤 식으로 보복당할지 알 수 없소."

여러 의견들이 오갔다.

결국 이번에도 결정해야 하는 건 당하란이었다.

아귀왕에게 알려지는 것을 감수하고 타 문파들의 힘을 빌려야 하는가, 위험을 무릅쓰고 당가의 힘만으로 돈황을 칠 것인가.

당하란으로서도 쉽게 결정할 수 있는 일이 아니었다.

당하란은 더 정보를 모으기 위해 며칠의 시간 뒤에 결정하기로 했다.

그러나 강호에서 뜻밖의 일이 터졌다.

백리중의 정의회가 무림맹주를 선출하기 위한 무림대회의 초청장을 전 강호의 문파에 보낸 것이다.

第五章
선택

강호의 동도들에게 나 백리증이 정중하게 알리오.

안팎으로 크고 작은 분란이 있어 모두에게 어려움이 있음을 잘 알고 있소.

그러나 예로부터 난세영웅(亂世英雄)에 의기지사(意氣志士)라, 어지러운 세상에 영웅이 태어나고 협이 떨어져 혼탁한 때에 진정한 협객이 일어섰소.

천하가 혼란스러운 지금이야말로 우리의 뜻을 세울 때요, 정의롭지 못한 것들이 준동(蠢動)하여 강호에 발붙이지 못하게 할 때인 것이오.

이에 본인이 제안하기를, 모월 모일 호광의 백리씨 본가 장원에서 뭇 영웅호걸들을 모시고 사흘간 무림대회를 열까 하오.

본인이 제안하는 내용은 다음과 같소.

一. 초청장을 받은 각 문파에서는 최고수 일인을 선발한다.

二. 각 문파에서 선발된 고수들은 백리장에서 기량을 겨룬다.

三. 최종 우승한 고수는 명실공히 천하제일인으로서 무림맹주의 자격을 갖는다.

四. 무림맹주는 무림대회의 순위에 따라 무림총연맹의 조직을 정비할 의무가 있다.

五. 새로이 발족하는 무림총연맹은 과거 무림총연맹의 모든 사업을 인수하기로 한다.

六. 구대문파와 오대세가에서는 공정한 심사를 위해 각기 일인씩의 참관인을 보내되, 이들을 차기 무림총연맹의 장로회에 추대한다.

七. 각 문파에서 선발된 인원을 보내는 것은 본초청장의 내용에 동의한 것으로 간주한다.

八. 피치 못할 사정으로 참여가 불가능한 문파는 인편으로 사유를 소명하되, 소명이 되지 않으면 차후 무림총연맹의 구성원 자격을 박탈한다.

당가에도 백리중의 초청장이 도착했다.

형식은 초청장이었으나 내용은 포고에 가까웠다.

초청장은 눈살이 찌푸려질 만큼 강압적인 내용이 담겨 있었는데, 심지어 당가와 남궁가, 제갈가 등이 기존의 팔대세가의 자리에서 빠져 있었다.

"즉, 새판을 짜겠다는 뜻이로군."

육하선이 말했다.

"참여를 강제해서 무림총연맹의 회원에서 제외하겠다는 건, 오지 않으면 적으로 간주한다 협박하는 것이지."

당가의 장로 한 명이 말했다.

"만약 금강천검의 생각 외로 백리장에 사람이 모이지 않는다면? 금강천검의 협박도 소용이 없게 되지 않겠는가?"

다른 이가 고개를 저었다.

"그럴 리가 없네. 이미 정의회에 가담한 문파가 절반일세. 그리고 새로 만들어질 무림총연맹이 구 무림총연맹의 사업을 인수한다면 그 이익 때문에라도 참가하지 않을 수가 없을 걸세."

백리중은 초청장을 통해 심지어 구대문파와 오대세가에서 강제로 사람을 차출하게 만들었다. 만일 사람을 보내지 않으면 장로회에 들 수 없다. 장로회는 무림맹주와 가장 가까이에서 조언을 할 수 있고, 강호에 영향을 끼칠 수 있는 여러 결정을 할 수 있는 자리다. 장로회에서 제외된다면 차기 무림총연맹의 행사들에 영향력을 행사할 수 없는 것은 물론이요, 새 무림총연맹의 사업권에서도 배제될 것이다.

무림총연맹은 강호 전체를 아우르는 만큼 막대한 사업과 이권을 다루고 있다. 한자리 잘 차지한다면, 그래서 쓸 만한 사업을 얻어 낸다면 내분과 싸움으로 피폐해진 문파를 한순간에 일으켜 세울 수도 있다.

특히나 무림대회의 순위에 따라서 조직에서의 자리가 생긴다고 명시되어 있으니, 누구라도 높은 지위를 노려 볼 만하다.

"구대문파와 오대세가를 따로 불러 그들의 체면을 세워주고, 그들을 제외한 나머지 문파들은 자신들끼리 서열을 가리게 되네."

"기실 구대문파와 오대세가는 참여하는 것만으로도 특혜를 받게 되는 게로군."

당가 장로들의 말을 듣던 백오사가 심각하게 고민하며 말했다.

"하면 우리 독문에서도 사람을 보내야 하지 않겠소?"

서로가 눈치를 보았다.

참여하지 않으면 적이 된다. 무림총연맹과 완전히 대립각을 세워야 한다. 차후 무림총연맹이 정비되면 초기 세력 확장을 위해 당가대원의 토벌에 나설 수도 있다.

당가의 장로들이 말했다.

"최소한 인편으로 참가하지 못할 이유를 소명하여 시간을 버는 것이 어떻겠소이까?"

"괜히 소명하러 사람을 보냈다가 거절당하면 그것은 더욱 볼썽사나워지는 일이외다."

사람을 보내야 한다, 아니다로 갑론을박이 벌어졌다.

답답해진 탑탁연이 진자강에게 권했다.

"이보게 수라왕. 이왕 이리된 것, 자네가 직접 무림대회에서 우승해 무림맹주가 되는 건 어떤가? 금강천검을 몇 번이나 이긴 바 있기도 하고."

진자강이 웃었다.

"아니아니, 웃지 말고 생각해 봐. 그럼 다 해결되는 거야. 아귀왕도, 금강천검도, 무림총연맹도 한 방에. 의외로 일리가 있지?"

생각보다 해 볼 만한 일이긴 하다. 옥허구광 오뢰합마공의 구광제까지 이른 진자강의 무위는 가히 천상천(天上天)

이다. 금강불괴인 범본에 훤마신까지 잡아 내었는데 진자강보다 강한 자가 얼마나 더 남아 있겠는가.

그러나 곳곳에서 불안함을 표하는 의견들이 나왔다.

"모인 자들 태반이 금강천검을 따르는 정의회일 텐데 독룡이 우승한다 한들 맹주로서 인정하겠소?"

"맹주가 되는 게 문제가 아니라 결국은 무림총연맹이라는 거대한 조직을 운영해야 되는 문제요. 금강천검은 이미 모든 준비를 다 마쳐 놓고 맹주의 자리에 앉기만 하면 되지만, 독룡은 처음부터 조직을 일궈 나가야 한단 말요."

"게다가 독룡의 말에 의하면 이미 금강천검은 초마지경(超魔之境)에 이르렀소이다. 초마지경이라면 사실상 대불과도 동수를 이룰 수 있을 것이오. 독룡이 적지에서 홀로 금강천검과 다수의 고수를 감당하기엔 부담스럽소."

"괜히 독룡을 잃게 되면 당신이 책임질 것이오?"

"심지어 잘되어서 무림맹주가 된다 해도 우린 기존의 사업을 인수해서 나눠 줄 돈이 없소. 사실상 맨손으로 맹주가 되는 거나 다름없는데 따르는 자들이 남기나 하겠소이까?"

핀잔을 들은 탑탁연이 코웃음을 쳤다.

"흥. 그럼 금강천검은 뭘 믿고 저러는 것이지? 초마지경으로 무공은 그렇다 치고 백리가가 그렇게 돈이 많았던가?"

순간 진자강이 당하란을 쳐다보았다. 둘의 시선이 마주쳤다. 당하란은 진자강이 무슨 말을 하려는지 깨달았다.

그리고 그것을 다른 이들도 곧 알게 되었다.

육하선이 말했다.

"잠깐. 이번 무림대회는 백리가에서 주도하고 있는 것이잖소. 유력 문파에만 보냈다고 해도, 족히 천 명이 넘을 테지. 일반 무인도 아니고 각 문파의 최고수들이니 그만한 대접을 하지 않으면 체면이 서지 않을 것이오."

노관이 동조했다.

"그렇군. 그것만 해도 상당한 자금이 필요할 텐데, 백리가는 이미 무림총연맹의 본단을 재건하고 단장하는 데에 큰 금액을 쏟아부었네. 초청장을 보면 구 무림총연맹의 사업을 인수한다는 말도 있지."

당가의 장로들이 수긍했다.

"인수하는 과정에서도 온갖 품에 대한 비용이 발생하지. 인수한 후에도 잠시간 관리하는 비용이 필요하고. 중원 전체에 사업이 걸쳐 있으니 막대한 비용이 들 걸세."

"이미 정법행의 과정에서 정의회는 상당한 돈을 거두어들였소. 또다시 문파들로부터 돈을 거둘 수도 없고, 그랬다가는 반발이 극심해질 거요."

"맞네. 그때 거둔 금액만으로는 재건 비용은 물론이고

구 무림총연맹의 수많은 사업체들을 관리하는 것도 불가능해."

"백리가는 아무리 잘 봐주어도 갓 중소 문파를 벗어난 수준. 그 덩치로는 필요한 모든 자금을 융통할 수 없지."

"그 말은 곧……."

어딘가에서 백리가로 자금이 흘러 들어갔다!

당하란이 즉시 사람을 불렀다.

"바로 알아보아야겠습니다. 그만한 자금이 움직였다면 분명히 흔적이 남지 않을 수 없었을 겁니다."

*　　*　　*

예상대로 상계의 돈이 움직였다. 상계를 통해 작은 나라 하나를 움직일 만한 돈이 백리가로 몰렸다. 워낙 큰 금액이 움직인 터라 당가의 눈에 걸리지 않을 수 없었다.

백리가는 융통한 자금을 이용하여 무림총연맹의 본단을 재건했고 기존의 사업들을 상당수 인수했다. 거기에 전 중원에 거미줄처럼 뻗어 있는 상계의 유통망이 크게 작용했다.

만일 누가 백리중을 누르고 무림맹주가 되더라도 이미 백리가의 입김에서 자유로울 수 없게 되었다.

백오사가 정보가 적힌 죽간을 보며 이해가 가지 않는다는 듯 고개를 갸웃거렸다.

“그런데 여기 전장에서 비밀리에 입수했다는 계약서의 내용이 전혀 납득이 되지 않소이다? 돈을 빌려주었는데 연간 이자가 일 할에 불과하외다? 그것도 삼 년간 유예라고? 이건 거의 공짜가 아닌가.”

고리대금이 육 할, 칠 할의 고리를 받고 일반적으로도 이 할, 삼 할을 받는다. 워낙 큰 액수라는 걸 감안하더라도 일 할이면 최저의 이율이었다.

육하선이 말했다.

“아귀왕이 백리중에게 엄청난 도박을 걸었군.”

만약 실패한다면 상계도 휘청거릴 정도의 타격을 입을 터인데, 어째서 이렇게 위험을 감수하는 것인지 이해하기가 어려웠다.

진자강이 조용히 고개를 저었다.

“도박이 아닙니다.”

회의에 참여한 모두가 진자강을 쳐다보았다.

진자강이 말했다.

"아귀왕이 자금의 흐름이 발각되는 것을 개의치 않고 상계를 움직였습니다. 이것은 아귀왕에게 있어 가장 중요한 일, 오랫동안 준비해 온 일이 백리중을 통해 결실을 맺는다는 겁니다. 어쩌면 이것이 아귀왕의 최종 계획이었는지도 모릅니다."

탑탁연이 의문을 제기했다.

"왜?"

다른 이들도 탑탁연과 마찬가지였다.

"회수하지 못할 수도 있는 비용을 한군데 묶어 두느니 그 비용을 다른 데에 쓰면 더 큰 이득을 볼 수 있네. 즉 백리중에게 돈을 융통해 줄수록 상계는 손해가 되는 거지."

"왜 아귀왕과 상계가 엄청난 손해를 보면서까지 그런 일을 하겠는가?"

"무림총연맹이 새로 세워진다고 해서 그들에게 딱히 이득이 되는 일도 없는데 말이네."

진자강이 대답했다.

"그것을 알기 위해서는 아귀왕을 만나는 수밖에 없을 것 같습니다."

독문 사벌과 당가의 장로들이 움찔했다.

"설마…… 아귀왕에게 가겠다는 것은……."

모두가 반대했다.

"월아천과 돈황에 사람을 보내 상황을 살핀 뒤에 가도 늦지 않네."

"그곳으로 독룡 자네를 혼자 보낼 순 없네."

진자강이 잠시 생각하다가 답했다.

"자금의 흐름을 추적할 때에 벌써 우리가 쫓고 있음을 알게 되었을 겁니다."

"하나……."

진자강이 다른 이들의 말을 자르고 말했다.

"백리장으로 가겠습니다."

"백리장이라니!"

돈황도 용담호혈이지만 백리장도 마찬가지였다. 진자강에게 적의를 가진 자가 대부분일 것이다!

진자강이 당하란을 쳐다보았다.

당하란도 진자강을 한참이나 보았다.

마침내 고개를 끄덕여 허락했다.

"무림대회까지 남은 기간은 한 달. 서둘러야 할 거야."

당가의 장로들이 놀라 외쳤다.

"장문 대행!"

그러나 당하란의 의지는 굳건했다.

"조심히 다녀와."

*　*　*

진자강은 준비를 마치고 나왔다.

소식을 들은 남궁락, 편복과 소소 그리고 안령이 기다리고 있었다.

"무림맹주가 되러 가는 길이라면서?"

남궁락의 말에 진자강이 답했다.

"무림맹주는 관심 없습니다."

"흠. 자네는 관심 없대도 다른 이들은 다르지. 한바탕 난리가 나겠군."

"그래 주면 저야 고맙지요. 그런데 안 돌아가십니까?"

"떠밀지 않아도 갈 때 되면 검후처럼 갈 걸세."

진자강이 편복에게 물었다.

"선랑께서는 오지 않으십니까?"

"뭐, 남들의 눈이 있으니까. 자네가 한참 잘나가는 와중인데 사파와 어울린다는 얘기가 돌면 그것도 보기 좋진 않겠지. 하나 언제든 필요한 때에 돌아오실 거라네."

"미리 감사드리겠습니다."

"천하제일인이 굳이 남들에게 감사 인사를 할 필요가 있나."

진자강이 웃었다.

팔다리에 전부 부목을 대어 걷기도 힘들어 보이는 안령

이 진자강을 보았다.

"힘들 텐데 뭐 하러 나왔습니까."

안령은 팔 하나를 영원히 쓰지 못하게 될 정도로 부상을 입었다. 하지만 억지로 쾌활한 척 웃으며 말했다.

"죽으러 간다고 해서 그전에 고맙다는 인사는 하려고."

"그런 인사라면 다녀와서 받겠습니다."

진자강은 소소에게도 인사했다.

"소소, 다녀올게."

소소가 끄덕거렸다.

진자강은 살짝 절룩이는 걸음으로 당가대원을 나섰다.

그 뒤를 영귀가 그림자처럼 따라붙었다.

진자강의 뒷모습을 보며 안령이 아주 조그마하게 중얼거렸다.

"거짓말쟁이. 호광성으로 가려는 눈치가 아닌데."

당가대원이 멀어져 가면서 진자강은 점점 절룩이지 않았다. 그러더니 이내 멀쩡한 걸음이 되어 평범한 사람처럼 걷기 시작했다.

*　　*　　*

진자강은 사천 성도를 벗어나기 직전, 갈림길에 섰다.

우측의 관로(官路)와 좌측의 상로(商路).

하나 고민 없이 좌측의 상로로 걸음을 틀었다. 일전에 도강언까지 갔던 바로 그 길이다.

진자강은 반나절을 걷다가 돌연 걸음을 멈추었다.

앞쪽 길가의 허름한 다관에서 등에 창을 진 서생이 기다리고 있다가 진자강에게 읍을 했다.

진자강은 다관으로 들어가 자리를 잡았다. 미리 손을 써 둔 것인지 다관에는 진자강과 서생 외에 아무도 없었다.

잠시 기다리자 서생들이 짊어진 가마 한 대가 날듯이 달려왔다.

당청이었다.

당청이 가마에서 내려서며 투덜거렸다.

"어떻게 된 거야. 왜 네가 당가대원을 나오는 걸 우리 애들이 몰랐지?"

"당가대원 앞에도 사람을 심어 두었습니까?"

"당연하지. 연락을 바로 받아야 하니까."

"하루에 수백 명은 드나들 겁니다."

"네가 나온다는 걸 들어서 얼굴 허연 절름발이가 나오면 무조건 지급으로 알리라고 했다."

"그러니까 당연히 못 찾았겠지요."

진자강이 웃었다.

당청은 기분이 언짢은 투로 손가락을 들었다. 반대쪽 방향, 관로 쪽을 가리키며 말했다.

“호광성은 저쪽이다만.”

“제가 그쪽으로 가지 않을 걸 모르셨습니까?”

“알았다. 그런데 놓친 거야.”

진자강은 빙긋 웃을 뿐 대답하지 않았다.

서생들이 차를 내왔다.

진자강은 조용히 차를 음미했다.

그윽한 향과 말끔한 뒷맛이 일품이었다.

이제껏 진자강이 맛본 차 중에서도 가장 특상품.

당청이 진자강을 위해 일부러 고르고 골라 왔다는 걸 알 수 있었다.

“그간 고생하셨습니다. 덕분에 사천에서 저들의 눈이 사라져 제가 편히 움직일 수 있게 되었습니다.”

“소 뒷걸음질로 쥐를 잡은 셈이지. 하지만 도움이 됐다니 기분은 나쁘지 않구나.”

당청은 잠시간 차를 마시며 침묵하고 있다가 말했다.

“내가 왜 여기서 너를 기다리고 있는지 알고 있을 것이다.”

진자강이 고개를 끄덕였다. 당연히 무림대회와 아귀왕 때문이다.

"아귀왕은 이제껏 뻔한 수에 당한 적이 없다. 일전에 북리검선과 검왕의 비무를 성사시키려는 네 계획도 아귀왕의 응수에 뜻을 이루지 못했다."

"그렇습니다."

"네가 대불과 싸울 때, 내가 가장 두려운 게 무엇이었는지 아느냐?"

쪼르륵, 당청은 진자강의 찻잔에 차를 따라 주며 말했다.

"네가 무사히 돌아올 수 있을까 하는 것이었다."

당청은 안씨 의가를 끌어들여 진자강이 무한에서 대불과 싸울 수 있도록 수를 썼다.

그러나 마음 한가운데에는 불안이 남아 있었다.

만일 대불이 아귀왕이 아니라면?

대불이 아귀왕이라면 차라리 낫다. 수괴가 죽어 버리면 아귀왕의 조직이 큰 타격을 받았을 터이다.

그런데 대불이 아귀왕이 아니라면, 그래서 대불과 싸우고 그를 쓰러뜨리고 난 뒤에 진자강은 어떻게 될까. 아귀왕이 진자강을 가만히 내버려 둘까?

아귀왕의 실체에 대해 가장 가까이 접근해 있는 진자강을?

대불과 싸운 뒤에 백이면 백, 기진맥진하여 가장 약해져 있을 진자강을 죽일 수 있는 절호의 기회가 아닌가!

"천라지망, 아니 그보다 더 많은 인원을 동원하더라도…… 한 성 전체를 포위하더라도 너를 죽였어야 했다. 나 같으면 분명히 그리했다. 그런데 아귀왕은 그러지 않았고, 너는 아주 멀쩡히 돌아왔다."

당청이 진자강의 목소리를 흉내 내며 말했다.

"맞습니다. 그러니까 아귀왕이 실수한 겁니다, 라는 식으로 나를 안심시키려 하지 마라."

"그렇습니다. 거기엔 두 가지 이유가 있습니다."

진자강이 답했다.

"첫째, 아귀왕은 저의 대항마로 금강천검 백리중을 선택하고, 독을 이겨 낼 방안까지 마련해 두었습니다."

"백리중이 초마지경에 이르렀다는 소식은 전해 들었다. 그러나 그 정도로 너를 상대할 수 있다고는 생각하지 않는다."

"지금은 아니나 머잖아 현재보다 더 강해질 수도 있습니다."

"뭐?"

당청이 의아함에 되물었으나, 진자강은 하려던 말을 이었다.

"둘째, 이것은 매우 특이한 일인데 아귀왕은 전면으로 나서기를 극히 꺼리고 있었습니다. 아귀왕의 수족인 무명노가 직접 나선 것도 이례적이었다고 합니다."

"여태 생긴 일이 모두 직접 한 일이 아니었단 뜻이냐? 물론 그 정도로 드러내기를 싫어하니 여태 근거지를 알아내지 못할 만도 하였지. 하나 그렇다고 해서 너를 죽일 수 있는 기회가 있음에도 살려 둔다고?"

당청은 헛웃음을 터뜨렸다.

"생각할수록 이상하게 느껴지는구나. 너를 죽이면 사실상 아귀왕을 막을 사람이 없다. 그러면 백리중을 키워 줄 필요도 없지. 그런데 어째서 손쉬운 길을 포기하고 돌아간다는 게지?"

이상하게 생각하지 않을 수가 없었다.

"심지어 백리중은 언제라도 기회만 생기면 아귀왕을 배신할 수 있는 자다. 대불과는 달라. 권력을 잡고 아귀왕이 눈에 거슬리면 반드시 아귀왕을 친다. 아귀왕의 지금 태도는, 네가 자신의 계획을 막아도 별 탈이 없다고 생각하는 투다."

당청은 인상을 썼다. 아무리 생각해도 아귀왕의 행동을 납득하기 어려웠다.

진자강이 아무 말을 하지 않자 당청은 조바심이 난 것처럼 다그쳤다.

“뭐라고 말 좀 해 보아라. 이미 오랫동안 아귀왕과 싸워 온 너라면 짐작하는 바가 있지 않겠느냐.”

진자강은 당청의 애를 태우며 차를 한 모금 더 마시고는 천천히 말했다.

“의심되는 바는 있습니다. 그러나 아귀왕을 만나 직접 확인하지 않으면 확답할 수 없습니다.”

당청이 한참 침묵했다가 말했다.

“내가 하고 싶은 얘기는 이것이다. 아귀왕이 무슨 속셈이든 네가 자신을 찾아올 것에 대한 대비는 하고 있을 거다. 십중팔구 함정에 빠질 가능성이 크겠지.”

“훤마신이 아귀왕의 소재지를 알고 있다는 걸 아귀왕도 이미 인지하고 있었습니다. 제가 조만간 움직일 거라는 것도 짐작할 겁니다.”

“그래. 그래서 말하는 거다.”

당청이 진자강을 진지하게 바라보았다.

“해월 진인이 어떤 뜻으로 거사를 준비했는지 알고 있다. 그리고, 백리중이 개최한 무림대회는 진인의 뜻을 이루기 가장 좋은 때다.”

해월 진인은 진자강에게 분명히 자신의 뜻을 밝혔다.

—조만간 오염되고 썩은 것들이 한 군데에 모이게 될 것이다. 한꺼번에 도려낼 수 있는 큰 기회가 온다. 나는 그때 망설이지 말고 모두 지워 버릴 계획이다.

당청의 눈에서 살기가 피어났다.

"백리중은 각 문파의 최고수들을 불러 모았다. 무림총연맹에서 한자리하고 싶어 하는 자, 기회를 틈타 이득을 보려는 자, 또는 협박에 굴해 따르는 자. 모두가 한자리에 모이는 게다."

당청이 말하고자 하는 바는 명확하다.

해월 진인이 하고자 하였던 대로, 오염된 것들을 한꺼번에 쓸어버릴 수 있는 기회가 왔다!

"나는 진인에게 빚이 있다. 네가 백리가로 간다면 나 역시 이 비루한 목숨을 던져 너와 함께 진인의 유지를 이을 것이다."

당청이 힘주어 말했다.

"당가와 내 모든 인맥을 동원해 사람을 모은다면, 섬멸은 어렵더라도 큰 타격은 줄 수 있다. 그 사이에 네가 백리중을 죽이면 된다."

"모이는 이들이 각 문파의 최고수들입니다. 그리 호락호락하지 않을 겁니다."

"독물을 쓴다면 가능하다. 독문의 독을 모두 동원하면 숫자를 반 이하로 줄일 수 있다."

"성공한다 해도 마찬가집니다. 금강천검이 죽으면 아귀왕은 잠적할 겁니다."

"아귀왕은 강호 전역에 영향을 줄 만큼 거대한 세력을 가지고 있다. 그런 큰 세력이 아무 흔적 없이 잠적할 수 있을 것 같으냐? 내가 이중 삼중으로 가리려 했던 거사 준비도 결국은 발견되었다. 그렇게 큰 조직은 생각만큼 쉽게 잠적할 수 없어. 반드시 찾아낼 수 있다."

진자강은 잠시 당청을 바라보다가 입을 열었다.

"만일 말씀하신 것이 진인의 뜻을 잇는 그런 의도라면 지금은 때가 아닙니다."

당청이 미간을 찌푸렸다.

"어째서냐!"

"오염된 자들을 도려낸다 치기에는 모이는 수가 충분하지 않고, 인정하기 어려우나 금강천검은 현 강호의 구심점입니다. 그가 사망하게 된다면 진인이 등선한 때와는 비교할 수 없는 혼란이 찾아올 겁니다."

"오히려 네가 흩어진 이들을 모두 모을 수 있는 구심점이 되겠지. 강호 최대의 무림공적으로. 전 무림이 너를 노리고 한마음 한뜻으로 뭉칠 게다."

"그렇겠지요. 그러나 혼란은 사라지지 않을 겁니다."

당청이 재차 물었다.

"무엇을 두려워하는 것이냐. 설마하니 이제 와 무림공적이 되는 게 두려운 게냐?"

진자강은 뜻밖의 대답을 했다.

"두렵습니다."

"……!"

"수십만, 수백 만의 사람들이 손가락질하고 욕할 겁니다. 어찌 두렵지 않겠습니까. 눈만 뜨면, 귀만 열면 나를 욕하는 소리가 들려올 겁니다. 그 모든 걸 감내한 해월 진인의 결심이 얼마나 대단한 것이었는지 이제야 깨달을 만큼."

"독룡, 너 이노옴! 갑자기 그 무슨 비굴한 소리냐! 설마하니 처자식이 생겼다고 약해진 게야?"

하나 진자강은 차분하게 답했다.

"아귀왕은 자금의 흐름이 드러나는 것을 감수하고 거액을 움직였습니다. 제가 백리장을 습격하도록 유도하고 있습니다."

"그렇다고 백리중이 대권을 잡는 것을 방치하겠다는 거냐? 백리중이 무림대회를 성공리에 마치고 맹주가 되면 기호지세(騎虎之勢)로 약진할 게다. 비교할 수 없는 권세와 무력을 손에 쥐겠지. 아귀왕보다 위험한 존재가 될 것이다.

그러나 아귀왕에게 큰 자금을 빌려 썼으니, 백리중이 망하면 아귀왕도 망한다. 이번 기회를 흘려보내기엔 너무 아깝다.”

“맞습니다.”

“입으로는 맞다고 하면서 왜 내 말은 전혀 먹혀들지 않은 표정이냐?”

“제가 어느 쪽으로 움직이든 아귀왕의 그물에서 빠져나갈 수 없다는 걸 알아서 그렇습니다.”

당청의 미간이 잔뜩 일그러졌다.

“솔직히 말해서 나는 도저히 모르겠다. 아귀왕이 던진 그물이라는 것도, 도대체 그것들이 다 무엇인지.”

“금강천검이 죽으면 아귀왕이 상계를 통해 동원한 자금은…….”

“다 날아가겠지! 투자한 돈이니까!”

“맞습니다. 그 돈이 허공에 뜨는 겁니다.”

“……?”

당청의 눈썹이 움찔했다.

같은 말인데 단어가 바뀐 것만으로 방점이 달라졌다.

“잠깐. 돈이 허공에 뜬다고?”

“그렇습니다. 돈을 빌린 금강천검이 죽으면 갚을 사람이 없으니 빌린 돈이 허공에 뜹니다.”

"그러니까 네 말인즉……."

"막대하게 풀린 돈이 주인을 잃고 떠돌 겁니다. 물론 아귀왕은 잠적할 테니, 그 돈을 회수할 사람도 없습니다."

당청은 자신이 말한 혼란과 진자강이 말한 혼란이 서로 결이 다름을 깨달았다. 단순히 혼돈과 어지러운 정세를 말하는 게 아니라 진자강은 경제적인 혼란을 얘기하고 있었다.

"그 돈을 차지하려 아귀다툼이 벌어질 겁니다."

당청은 섬뜩해졌다.

등줄기에 소름이 돋았다.

작은 나라를 움직일 만큼의 막대한 돈이 강호에 풀린 채로 주인 없이 떠돈다…….

누가 가만히 있겠는가.

모두 눈이 뒤집혀서 달려들 것임에 분명하다.

거대 문파들도 피해를 많이 입어 중재할 수 있는 구심점도 없는 상태.

배신에 배신을 거듭하고…… 협의나 의기는 온데간데없이 눈먼 돈을 차지하기 위한 각축전이 펼쳐질 터였다.

그야말로 생지옥.

방금까지 당청은 백리장을 쳐서 무림대회를 망치는 게 백리중과 아귀왕, 둘 다에게 피해를 주는 절호의 기회라 생각했다. 그런데 진자강의 말대로라면 오히려 피해를 입는 건 강호가 되는 것이었다.

당청은 정신이 번쩍 들었다.

"그럼…… 백리중이 무림맹주가 되게 두면?"

"지금까지와 달라질 게 없습니다. 해월 진인의 하에서 일어났던 일이 그대로 재현되는 겁니다. 금강천검에게는 해월 진인이 품었던 시대적 사명이 없습니다. 외려 해월 진인의 때보다 더 심한 상황이 될 겁니다."

당청은 진자강이 그물에서 빠져나갈 수 없다고 한 이유를 깨달았다.

이쪽으로 행동해도, 저쪽으로 행동해도 종국에는 같은 결과를 불러온다.

그렇다면 차라리 아귀왕을 처치하는 것이 그나마 지금의 선택 중에는 미래를 위해 조금 더 나은 결정이 아닌가.

진자강이 천천히 말했다.

"어쩌면…… 아귀왕은 우리가 생각하듯, 강호일통이나 무림정복을 원하는 게 아닌지도 모르겠다는 생각이 들었습니다."

당청의 표정이 더욱 무거워졌다.

"그 수고를 들여서 이 개 같은 일들을 벌인 것이 강호를 차지하기 위함이 아니라니."

"그것만으로는 설명할 수 없는 일들이 너무 많습니다."

"도대체 강호를 그 지경으로 만들어서 이득을 보는 게 무엇이라고 아귀왕은 이런 짓을 저지른단 말이냐!"

"그래서……."

진자강이 고개를 끄덕였다.

"결국은 아귀왕을 만나는 수밖에 없습니다."

당청은 진자강의 행보를 이제야 이해할 수 있었다.

진자강의 말대로라면 백리중이 문제가 아니다.

아귀왕의 본심을 파악하지 못하면 결국 아귀왕의 목적을 알 수 없는 건 마찬가지고, 아귀왕의 계획조차 막을 수 없게 되는 것이다.

당청이 갑자기 소리쳤다.

"그래도 위험한 건 결국 마찬가지잖느냐, 이놈아! 호랑이의 굴로 혼자서 들어간다고—!"

씩씩거리던 당청이 말했다.

"차라리 나도 같이 가자."

"안 됩니다."

진자강이 일언지하에 거절했다.

"아귀왕은 어찌 됐든 겉으로 나타나지 않을 겁니다. 하지만 금강천검은 무림맹주가 되면 반드시 사천을 적으로 삼겠지요. 그때가 되면 한 명의 손이라도 더 필요합니다."

"그래서…… 나더러 지켜만 보고 있으라고? 이 내가 말이냐?"

당청이 이를 갈았다. 손에 힘이 들어가 찻잔에 금이 가고 있었다. 찻물이 핏핏 새었다.

"이번만큼은 혼자가 편합니다."

"웃기지 마라! 혼자서 어떻게 아귀왕을……!"

"조금 전에도 제가 당가대원을 나오는 걸 모르시지 않았습니까."

"그건……."

당청은 꿀 먹은 벙어리가 되었다.

당청이 진자강을 노려보더니 깊이 탄식했다. 세상에 그 누가 진자강을 말릴 수 있을까!

당청이 포기한 듯 말했다.

"하란이에게는 말했고?"

"안 했습니다. 하지만 제가 무얼 하려는지는 알 겁니다."

당청이 머리를 짚었다.

진자강이 자리에서 일어섰다.

"차 잘 마셨습니다."

당청이 아까보다는 힘없이 물었다.

"내가 할 일은? 하면 지금 내가 할 수 있는 일은 없는 것이냐?"

"제가 돌아오지 못하면……."

진자강이 잠시 서서 생각하다가 대답했다.

"독천이 신랑감을 잘 골라 주셨으면 합니다."

당청은 화를 냈다.

"아빠가 독룡인데 너 같으면 독천이에게 장가들고 싶을까!"

진자강이 지지 않고 대꾸했다.

"외증조부가 염왕인 것보다는 낫잖습니까?"

"좋다는 거야, 나쁘다는 거야? 내가 독천이 할애비라는 거야, 아니라는 거야? 아니, 이런 말 왠지 예전에도 한 것 같은 기분이 드는데."

하지만 진자강은 그에 대해 대답하지 않고 미소지었다. 그러곤 묵례한 뒤 그대로 떠나갔다. 영귀가 곧바로 진자강의 뒤에 따라붙었다.

"저런 나쁜 놈."

당청이 입을 이죽거리다가 곧 입을 다물었다.

뒤에서 투덜거린다고 진자강이 돌아오는 것도 아니다.

진자강의 뒷모습을 말없이 바라보던 당청은 괜히 가슴이 뭉클해져서 중얼거렸다.

"너 이놈, 그거 아느냐?"

당청이 이미 그의 목소리가 들리지도 않을 만큼 멀어진

진자강을 보며 혼잣말을 했다.

"방금까지 네가 말하던 투가…… 오래전 그때의 진인과 너무 닮았다. 오직 강호의 미래만을 걱정하며 앞으로 달려가던 그의 모습과……."

당청은 들고 있던 금 간 찻잔을 던져서 깨 버렸다. 서생이 새 찻잔을 가지고 오자, 뜨겁게 덥힌 차를 새로 따랐다.

"내가 헛된 야망에 휩싸이지 않고 그때 진인의 말을 따랐더라면 지금의 우리 후손들은 아귀왕과 싸우지 않아도 되었을 텐데. 우리 독천이가 아비 없이 살까 봐 걱정하지 않아도 되었을 텐데……."

당청은 지난날의 과오를 후회하는 목소리로, 그를 그리워하며 차를 세 번 땅에 흩뿌렸다.

"미안하외다, 진인. 다시 만나면 내가 술 한잔 사리다. 그리고…… 부디 나를 용서치 마시오."

* * *

백리중이 보낸 초청장을 강호의 모든 문파들이 달가워한 건 아니었다.

그럼에도 불구하고 재건될 무림총연맹에 대한 기대감이 없는 것은 아니었다.

모두가 한 줄로 걷는 길이 나 있다. 비록 순위권은 출발할 때부터 결정되어 있다 하나, 적어도 그 줄의 끝에나마 붙어 있는 것이 완전히 배제되는 것보다는 낫다. 그것이 세상을 살아가는 지혜가 아닌가.

비록 백리중 본인이 알짜배기를 차지하기 위해 벌인 일이라 하더라도 남들에게 뒤처지지 않으려면 그 길에 합류할 수밖에 없었다.

특히나 백리중은 의도적으로 몇 개의 문파를 미리부터 기득권에서 제외했다.

처음부터 무림총연맹에 반기를 들었던 청성파.

검왕이 유명무실해진 남궁가.

독룡을 도왔다는 이유로 소림사에 궤멸적인 피해를 입어, 무림세가로서 구실을 하기 어려워진 제갈가.

그리고…… 진자강이 있는 사천 당가.

백리중이 꼽은 십대문파와 팔대세가에서 대표적으로 그들이 빠졌다. 그럼에도 초청장이 보내지지 않은 건 아니었다.

새로운 체제에 들어오고 싶다면 남들과 똑같은 시작 선에서 시작하거나, 투항하여 기득권을 유지하거나.

애초에 기득권을 갖고 있던 문파의 자리가 비면 그 자리를 누군가는 채워야 한다.

몇몇 중형급의 문파들이 욕심을 낼 만한 상황이었다.

한 지역의 패자가 되어도 전 중원으로 발을 넓히려면 인맥과 인원, 자금이 필요하다. 무림총연맹을 이용하면 그것들이 한 번에 해결된다. 지역에서 전국으로, 한순간에 대형 문파의 덩치로 거듭나는 것도 꿈이 아닌 것이다.

그런데.

거기에 찬물을 끼얹는 소식 하나가 들려왔다.

독룡이 무림대회에 참가하겠다고 밝혔다.

이미 일사이불삼도이왕의 체제는 깨어진 지 오래였다.

거대 문파든 중소 문파든 대부분의 문파는 내분과 다툼으로 상당한 피해를 입었고 최고 수준의 고수들을 잃었다.

백리중이 실력으로 무림맹주가 된다 해도 이상한 일이 아니었다.

그러나 거기에 독룡, 진자강이 낀다면 얘기가 달라진다.

진자강은 이미 수많은 고수들, 무림삼존 중 둘과 심지어는 대불까지 쓰러뜨렸다.

반면에 백리중은 진자강에게 몇 번이나 낭패를 당한 적이 있었다. 둘이 붙는다면 승패는 거의 예상되는 바나 다름이 없었다.

만일 비주류인 진자강이 주류인 백리중을 이기고 무림맹주가 된다면 인정해 주어야 하는가?

진자강이 처음부터 가지고 있던 살인귀의 평판과 백리중의 대협객 평판. 비록 지금은 희미해졌다 하더라도 그것을 무시할 수는 없는 노릇이었다.

실로 골치 아픈 문제가 아닐 수 없었다.

그럼에도 불구하고 일부는 백리중이 거기까지 의도하고 당가에 초청장을 보냈다 판단한 이들도 있었다.

셈이 복잡해졌다.

그리고 그만큼 무림대회에 참가하는 이들의 마음도 착잡할 것이었다.

*　　　*　　　*

백리중은 의관을 갖추고 있었다.

군사 문수가 백리중의 뒤에서 시립했다.

"대책을 세워야 하지 않을까 싶습니다. 많은 문파들이 우려하며 독룡에 대한 대책이 있는지 문의해 오고 있습니다."

백리중이 빙긋 웃으며 몸을 돌렸다. 훤한 이마는 매끈하고 눈에서는 정기가 흘렀다. 여유로운 표정에서 자연스레 사람을 억누르는 위압감이 풍겨 나왔다.

흔히 상상하는 고수의 풍모가 있다면 바로 그 모습이 백리중이었다.

"군사."

"예, 회주."

백리중이 호협한 표정으로 미소 지으며 물었다.

"군사는 누구의 편인가?"

"무슨 말씀이신지."

"아귀왕의 편인가, 나의 편인가."

의외의 질문이었으나 문수는 그리 당황하지도 않고 대답했다.

"소생은 회주를 섬기는 군사입니다."

"괜찮네. 이번 일도 그렇고 덕분에 많은 도움을 받았으니까. 중원 천지에서 이만한 자금을 융통하여 줄 수 있는 사람이 몇이나 있겠는가."

백리가에서 모은 자금은 대형 상단은 물론이고 수십 개의 중소 상단에서 갹출하여 투자한 금액이었다. 자금의 출처를 파고 파도 개개의 상단 이외에는 나오지 않을 것이다.

그러나 백리중은 그것이 누구의 손에서 결정되었는지 짐작하고 있었다.

“그 자금이 아니었으면 무림총연맹의 사업 인수는 매우 지난하고 재건 사업도 힘들었을 걸세. 더불어 자네처럼 명석한 친구를 내게 붙여 준 것도 감사한 일이지.”

문수는 덤덤한 얼굴로 읍을 한 채 고개를 숙였다.

“하나 은인을 자꾸 아귀왕이라고 부를 수는 없네. 내가 그분을 뭐라 부르면 좋겠는가.”

문수가 한참을 대답하지 않고 있다가 입을 열었다.

“저희는 그분을 왕 대인이라고 부릅니다.”

백리중이 미소지었다. 왕 씨는 가장 흔한 성씨다. 한 마을을 지나가다가 ‘왕씨’라고 부르면 열 명 중 다섯은 돌아볼 것이다.

“왕 대인. 언제 한번 뵈면 좋겠군.”

“저희도 그분을 알지 못하여 자리를 마련해 드리기 어려울 것 같습니다.”

“그럼 곤란한데…….”

“예?”

“하면 왕 대인께 전해 주게.”

“명하신다면.”

백리중이 수염을 쓰다듬으며 말했다.

“독룡은 백리장에 오지 않는다고.”

“회주께서는 독룡이 참가를 알린 것이 거짓말이라 생각

하십니까?"

"독룡은 몇 번이고 나를 죽일 수 있음에도 그러지 않았다네. 왜 그랬겠는가."

"그것은……."

"왕 대인을 끌어내기 위해서이지. 영악한 녀석이거든."

백리중이 웃었다.

"아마도 조만간에 놈이 왕 대인을 찾을 걸세. 하지만 나는 아직 왕 대인이 필요하네. 독룡의 손에서 벗어나려면 왕 대인도 내가 필요하고. 그러니 자리를 마련하도록 고려해 보는 게 좋을 거라 전해 드리게."

백리중은 마지막의 한마디를 강한 어조로 덧붙였다.

"서로 손잡고 함께 미래로 나아갈 동반자의 입장에서."

백리중의 표정을 본 문수의 눈빛이 변했다.

강렬한 탐욕. 보통 사람은 상상하기도 어려운 탐욕이 깊숙한 곳에 똬리를 틀고 있다.

백리중은 이미 투자받은 엄청난 금으로도 만족하지 못했다. 왕 대인의 뒤에 있을지 모르는 막대한 재력을 함께 공유하고 싶어 하는 것이다.

백리중이 욕심을 부리고 있다…….

문수가 처음으로 감정을 드러내며 싸늘하게 대답했다.

"독룡 따위가 왕 대인을 해칠 수는 없습니다."

"물론 그래야지."

백리중은 화내지 않았다.

대신 주먹을 꽉 쥐었다가 폈다. 팔에 힘을 주자 팔뚝의 근육이 툭툭 불거졌다.

뚜둑 뚜둑.

그러곤 태연하게 말했다.

"하나 강호에서 놈의 독이 통하지 않는 건 오로지 나뿐이야. 놈에게 입지 않아도 될 쓸모없는 피해를 입을 필요가 없다는 뜻이지. 왕 대인께서 너무 늦기 전에 결단을 내리셨으면 좋겠군."

문수가 읍하며 표정을 감추었다.

"회주의 뜻, 조금의 곡해도 없이 전달토록 하겠습니다."

"좋아."

백리중이 흐뭇한 표정으로 미소를 지었다.

"아, 그리고 혹시나 하여 노파심에 말하는 것인데."

"예."

문수가 뒷걸음으로 나가려다 말고 멈춰 섰다. 백리중이 부드럽게 말했다.

"다시는 그런 눈깔로 고개 쳐들지 말게. 왕 대인께서 애써 좋은 군사를 보내 주셨는데 또 사람을 골라야 하는 수고를 끼치고 싶지 않다네."

문수는 굳은 표정으로 공손히 읍을 하고 방을 나갔다.

*　　*　　*

쏴아아아!

산들바람이 불어오는 소리에 파도치는 소리가 나며 모래가 흘러갔다. 모래의 파도가 밀려가고 있었다. 모래바람이 쓸려 나가면서 수시로 지형이 변화하고 있었다.

짐을 가득 싣고 상행하던 상인 중 한 명이 새로 들어온 호위무사에게 말했다.

“자넨 초행이라 신기하지? 조심해야 해. 사막에서는 잠깐 정신을 팔다가 고개를 들어보면 지형이 바뀌어 버리니까. 길잡이 없이 다니는 건 무리지.”

곱상한 얼굴의 호위무사가 자못 신기한 투로 고개를 끄덕였다.

“그렇군요.”

第六章
월아천

진자강이 포함된 상행은 별 탈 없이 돈황까지 무사히 순행했다.

돈황에 도착하기 직전이 되니 바람이 심해졌다.

우르르르, 쿠르르르.

모래 능선 아래에서 산사태가 난 것처럼, 누군가 울부짖는 것처럼 바람에 구르는 모래 소리가 기괴하게 들렸다.

먼지보다 굵은 모래 알갱이가 눈과 입으로 날아들어 깔깔해졌다.

그뿐만 아니라 센 바람에 모래가 쓸리는 바람에 지형이 계속해서 변했다. 한참 걷다 보면 앞에 없던 언덕이 생겨 있고, 언덕이 평지가 되어 있기도 일쑤였다.

"명사산이군."

정말로 멀리에 우뚝 선 하나의 전각과 장원, 그리고 초승달 모양의 샘이 보였다.

상행의 우두머리가 해 넘어가는 모양을 보더니 말했다.

"바람이 세서 해 지기 전에 도착하기 힘들겠어. 오늘은 월아천에서 쉬어 가야 할 것 같네."

다른 상인이 이의를 제기했다.

"여기서 돈황까지 거리가 삼사십 리밖에 안 되는데, 그냥 가서 쉬는 게 낫지 않을까?"

"쉬고 싶은 마음이야 이해하지만 안전하게 가는 게 나아. 이쪽 방향에서는 돈황과 명사산 사이에 유사(流沙)가 강처럼 흐르고 있어서 이렇게 바람이 불면 건너기 위험해. 한순간에 허리까지 모래가 차오를걸? 사람은 구할 수 있어도 짐을 멘 놈들은 못 나올 거야."

"할 수 없지."

전부 해서 삼십여 명.

작은 상행은 월아천의 객잔에 짐을 풀기로 했다.

특이하게도 월아천의 객잔에서는 열 살에서 열다섯 살 사이의 어린 소녀들이 손님맞이를 했다. 중원의 아이들뿐 아니라 이민족으로 보이는 아이들도 하나둘 섞여 있었다.

함께 있는 육영당의 아이들이 일을 하는 모양이었다.

명사산 월아천. 훤마신이 언급한 장소다.

진자강은 긴장하여 신경을 곤두세웠다. 보이는 아이들의 일거수일투족을 놓치지 않고 살폈다. 무술을 배우는지 몸이 날래고 걸음이 가벼웠다. 그러나 대단한 상승 무공은 아니었다. 보통의 무관에서 배우는 수준에 불과했다.

상인들이 호위 무사들에게 당부했다.

"내일까지는 상행이니까 오늘 너무 진탕 퍼마시지 말라고."

상인들은 일찌감치 이 층, 삼 층의 객실로 쉬러 가고 호위 무사들은 순번을 정해 짐을 지켰다.

순식간에 밤이 찾아왔다.

진자강은 순번을 기다리며 객잔 주위를 천천히 둘러보았다.

기감을 월아천 전체에 펼쳐 특이한 점이 없는지를 확인했다.

진자강이 속한 상행 외에 다른 상단 둘 정도가 있어서 그쪽의 호위무사들이 감각에 잡혔다. 그러나 그들도 관심을 둘 정도의 고수들은 아니었다.

그 외에 월아천 전체에서 딱히, 수상한 점은 느껴지지 않았다.

고아를 키우고 있다는 육영당도 겉으로 보면 매우 평범

했다. 무술 사범인 듯한 이가 가장 강하게 보였는데 말 그대로 무관의 사범 수준이었다.

'무난하다.'

의심할 여지가 없을 정도로 평범하여 더 찾아볼 구석이 없었다.

특별히 무공을 익힌 인물은 보이지 않았다.

진자강은 의심을 거두지 않았다. 그러나 아직은 확실하게 단정 지을 수 없었다.

그때 십 대 초반의 소년이 객실의 요강을 수거하여 밖에 버리고 있는 광경이 보였다. 소년은 진자강과 마주치자 고개를 꾸벅 숙였다.

진자강이 지나치려는 소년을 불렀다.

"잠시."

"물어볼 게 있으십니까?"

"중원의 말을 할 줄 아는구나?"

"네."

소년이 손가락을 꼼지락거리며 눈을 빛냈다.

진자강이 동전 한 닢을 꺼내 주자 소년의 표정이 확 밝아졌다.

"뭐든 물어보세요."

진자강은 묘한 기분에 휩싸였다.

“여기 장원에서 고아들을 돌본다는 얘기를 들었는데.”

“아아, 예. 대인께서 오갈 데 없는 저희를 돌봐 주시죠. 무술도 배우고 기술도 배워서 나중에 혼자서 자립할 수 있게 도와주십니다.”

“여기 있는 아이들 숫자가 얼마나 되니?”

“지금은 오십 명 정도 되고요. 예전에 많을 땐 이백 명도 되었다고 해요. 하지만 기술을 배우고 나이가 차면 이곳을 나가야 하죠.”

소년이 말을 덧붙였다.

“저도 곧 자립할 때가 되어서 돈이 필요하거든요.”

진자강이 동전을 더 꺼내 주었다.

소년은 진자강이 묻지 않은 것까지 대답했다.

“어디서 저희 같은 애들을 데려오시는지는 몰라요. 간혹 젖먹이도 있고 병이 든 애들도 옵니다. 하지만 아무나 받지는 않으시는 것 같아요. 애를 데려왔다가 돌아가는 사람들도 있어요.”

“그렇구나. 넌 무엇을 배우고 있는 중이지?”

“전 말 타는 법과 달리는 법을 배우고 있습니다. 발이 재다고 파발을 하면 좋을 것 같다 하셨어요.”

다른 아이들에 비해서도 걸음이 유독 날랜 느낌이 있다 싶더니 경공을 배우는 모양이었다.

소년이 자신 있게 말하는데 목소리가 좀 컸는지 닫혔던 장원의 뒷문이 열렸다.

한 노인이 나오며 소년을 불렀다.

"랑아야, 손님 귀찮게 뭐 하는 게냐. 일 다 했으면 어서 와 자거라."

"예."

노인이 진자강에게 고개 숙여 인사하곤 소년을 데리고 장원으로 들어가 버렸다.

진자강은 혹시나 싶어 노인을 살폈으나 약간의 무술을 배운 정도이지, 대단한 고수가 아니었다.

객잔으로 돌아온 진자강은 곰곰이 생각했다.

'여긴 아귀왕의 사업체 중 일부분일 수도 있다. 하지만 아귀왕의 근거지는 아니야.'

한낱 비적단 몇의 습격에도 털릴 만큼 무공이 높은 고수가 없었다.

'역시 돈황인가.'

진자강은 밤새도록 기감을 펼치고 있었으나 뒤늦게 도착한 상단 하나가 있었을 뿐, 아무런 일도 벌어지지 않았다.

월아천의 근처에서 은신하고 있던 영귀조차 아무 신호를 보내오지 않았다.

진자강의 상행은 다음 날 돈황에 도착했다.

모래로 지어진 사막 도시 돈황은 활기로 가득했다. 변방임에도 전혀 인적이 드물지 않았다. 오히려 교역품을 실은 상인들의 행렬이 끝도 없이 이어졌다.

옷차림도 생김도 다른 수많은 이민족들이 한데 어울려 살고 있었다. 언어도 잘 통하지 않고 풍속도 다른데 아무렇지 않은 듯 서로를 대하고, 편견 없이 바라본다.

중원에서는 다소 눈에 띄는 외모에 속하는 진자강도 그들 틈에 서 있으면 전혀 두드러지지 않았다. 진자강뿐 아니라 누가 와도 마찬가지일 듯하였다.

진자강은 수행비를 받은 뒤, 숙소를 골랐다.

숙소의 주인은 얼굴이 까맣게 탄 이민족이었는데, 다른 손님과 진자강이 알아듣지 못할 말로 대화를 나누고 있는 중이었다. 진자강이 말을 어떻게 해야 할지 어색하여 나가려고 하니 주인이 진자강을 불렀다.

진자강이 돌아서자 주인이 기분 나쁘지 않게 위아래를 훑어보더니 물었다.

"며칠?"

"보름 정도 머물고 싶습니다."

"보름. 사람은?"

"혼자입니다."

주인은 그 뒤에도 굉장히 매우 단순하게 진자강의 의사를 물었다. 짐이 얼마나 있는지, 마구간을 이용할 것인지, 숙박비는 얼마인지도 간단한 수사(數詞)로 확인하고 장부에 적었다.

빈방을 안내받고 선금을 지불하자 주인은 웃음으로 대화의 마무리를 했다. 기분이 나빠서가 아니라 단순히 중원의 말을 잘 못 해서인 듯했다.

진자강의 뒤에도 손님이 계속해서 들어와 진자강은 금세 자리를 비켜 주어야 했다.

전신에 하얀 천을 두른 또 다른 이민족이 객잔에 들어서며 손가락을 들어 보였다. 동그랗게 말았다가 끝 손가락의 셋만 펼쳤다. 뭐라고 말도 하긴 했지만 진자강은 알아들을 수 없었다.

그런 손짓을 예전에 본 적이 있었다. 중원에서 상인들이 사용하는 숫자 표시법으로 수어(袖語)라고 한다.

주인도 똑같이 손가락으로 숫자를 표해 보였다. 손님이 고개를 젓고 다시 숫자를 만들었다. 아마 방값에 대해 협상을 하는 모양이었다.

주인이 조금 고민하는 듯하다가 손가락을 입에 가져다 대 보였다. 머무는 동안 얼마나 식사를 할 것이냐는 의미라는 걸 진자강도 알 수 있었다.

손님이 숫자를 표시하자, 주인이 다시 금액을 제시했다.

결국 손님이 고개를 끄덕였다. 주인이 웃으며 자신이 아는 말로 인사말을 했다. 그러곤 방금 흥정한 내용을 장부를 적었다. 진자강이 주인이 장부를 적는 것을 슬쩍 지켜보니 사람 셋, 마구간에 들 짐승이 넷이고 이틀을 머문다고 표시해 놓았다.

방값과 식사에 대한 거래가 성사되자 손님은 바로 금액을 지불하고 일행들과 함께 짐을 가지러 나갔다.

진자강이 방을 구할 때보다 훨씬 빠르고 간단했다. 별다른 감정의 소모 없이 흥정을 하고 서로가 합의를 하였다. 아무런 군더더기도 남지 않았다.

진자강으로서는 말이 서로 다른 이민족들 간에 이뤄지는 첫 거래를 지켜본 셈이었다. 묘한 기분이 들었다.

숙소를 정한 진자강은 밖으로 나와 인근을 둘러보기 시작했다.

새벽같이 출발하는 상행을 위해 밤새 짐을 꾸리는 이들이 있고, 밤늦게 도착해 숙소를 구하고 밥을 먹는 상행도 있었다. 밤에도 불이 꺼지지 않았다. 덕분에 진자강은 시간에 구애받지 않고 돈황을 볼 수 있었다.

진자강은 숙소에 자리를 잡은 뒤, 며칠을 계속해서 돈황을 돌아다녔다.

매일 수십 명에서 수백 명의 인마(人馬)가 들어오고 나갔다.

특이한 종교를 가진 이들도 눈에 띄었다. 강호에서는 마교라 부르며 탄압하는 현교조차 이곳에서는 배척의 대상이 아니었다. 서역으로 넘어가는 이들과 서역에서 넘어온 이교도들이 한자리에 앉아서 식사를 하는 광경도 종종 보였다.

작은 분란이야 늘 벌어지지만 그럼에도 불구하고 돈황이 갖고 있는 특유의 균형, 혼돈 속의 질서는 깨어지지 않고 있었다.

진자강은 그 이유가 궁금했지만 그것만 지켜보고 있을 수는 없었다. 진자강이 이곳에 온 목적은 아귀왕, 그리고 아귀왕의 세력을 찾기 위해서다.

진자강은 최대한 은밀히 기감을 펼쳐 모든 모래 건물의 내부와 사람들을 감지하기 시작했다.

아귀왕의 세력이 있다면 그 수하들, 고수들이 가진 기의 파장이 보통이 아닐 터이다.

그러나 진자강은 여전히 특별한 점을 발견하지 못하였다.

고수가 없는 건 아니었으나 상행에 따라온 호위거나 떠돌이였다. 간혹 돈황에서 더욱 서쪽 변방에 있는 요새로 향하는 관군들과 장수들 중에 경계할 만한 고수가 보일 뿐이었다.

'적어도 백 명 정도는 모여 있을 거라 보았는데…….'

아무리 못해도 최소 백여 명의 무력 집단이 있어야 했다. 아귀왕의 세력을 생각하면 그 정도의 수도 적다. 그중에 무명노를 비롯하여 최소한 그에 버금가는 고수가 서넛은 더 있을 걸로 예상했다. 그 정도면 진자강의 기감에 잡히지 않을 수가 없다.

하지만 진자강의 생각은 완전히 틀렸다.

그 정도의 집단은 돈황 어디에도 있지 않았다.

영귀는 크게 당황했다.

"흔적을 전혀 찾지 못했습니다. 아무런 조직의 흔적이 없습니다."

진자강 역시 영귀와 마찬가지 마음이었다.

사흘에 걸쳐 돈황의 곳곳을 돌아다녔는데 전혀 흔적을 찾지 못했다.

"설마…… 벌써 잠적한 걸까요?"

"모르겠습니다."

어쩌면 돈황의 시가지에 있는 것이 아닐지도 모른다. 잠시 생각하던 진자강이 말했다.

"길잡이를 구하죠. 돈황의 외곽으로 나가야 할 것 같습니다."

진자강은 길잡이를 구했다. 영귀와 함께 유람객인 것처럼 행세하며 돈황의 인근 지역까지 모두 탐색했다.

무려 열흘에 걸쳐 돈황 전 지역을 찾아다녔다.

수천 개의 석굴과 작은 단위의 마을까지.

그러나 아귀왕의 세력으로 짐작될 만한 무력 집단은 전혀 보이지 않았다.

*　　*　　*

돈황 시가지의 숙소로 돌아온 진자강은 답답해졌다.

분명히 흔적이 있을 거라 생각했다.

이렇게까지 아무런 흔적이 남아 있지 않을 거란 생각은 하지 못했다.

당청의 말처럼 그렇게 큰 조직이 갑자기 사라질 수는 없는 일이 아닌가.

"도대체가……."

영귀의 표정도 매우 심각해졌다.

이제 와서 만일 돈황이 아니라고 한다면, 다시 어떻게 아귀왕을 찾아내어야 할지 막막했다.

"혹시나 돈황에 아귀왕이 없는 거라면요?"

"그들은 휜마신이 알고 있다는 사실을 우려했습니다. 아귀왕과 관련이 있지 않다면 신경 쓸 이유가 없습니다."

"하지만 월아천에서도 아무 이상을 발견하지 못했잖아요."

그게 문제였다.

월아천을 공격해서 수뇌부들을 잡아 고문이라도 하지 않으면 알아낼 수 없을 터였다. 하지만 그렇게 된다면 아귀왕은 찾아내기도 전에 숨어 버릴 것이다.

"이렇게 시간을 허비할 수 없어요. 이대로 있느니 사천으로 돌아가서 다음 계획을 짜는 것이……."

곧 호광의 백리장에서 무림대회가 열린다.

그동안 아무것도 하지 못한다면 당청의 말처럼 백리장을 공격하느니만 못할 터였다.

"한 번만…… 더 둘러보아야겠습니다."

진자강은 영귀를 두고 혼자 객잔을 나와 돈황의 시가지를 돌아다녔다.

처음 돈황에 들어섰을 때부터 마음에 걸리는 점이 있었다.

떠나기 전에 그것을 확인하고 싶었다.

진자강은 교역소로 향했다. 교역소에서 많은 상인들이 모여 말과 노새, 낙타 등에 짐을 잔뜩 싣고 와 서로 간에 거래를 하고 있었다.

어설픈 타국 언어로 대화를 하는 것이 아니었다. 서로가 정해진 수어로 빠르게 거래 물품의 양과 가격을 제시하고 조건이 맞지 않으면 몇 번을 더 흥정하다가 거래를 종료했다. 조건이 맞으면 밝은 얼굴로 거래를 마쳤다. 그러나 흥정에 실패하고 거래가 안 되었다고 해서 화를 내거나 욕설을 하는 일도 거의 없었다. 그 시간에 다른 거래 상대를 찾아다녔다.

진자강은 식당이 보이는 길로 자리를 옮겼다.

식당에서도 마찬가지였다.

상점가에서도.

다관에서도.

돈황의 모든 곳에서 거래가 일어나고 있었다. 값을 깎기만 하는 게 아니라 판매하는 측에서 오히려 덤을 더 얹어주는 때도 있었다.

언뜻 당연한 일처럼 보인다.

중원 어디서든 비슷한 경우는 많이 볼 수 있다.

그러나 이것은 말이 통하는 이들 간의 거래가 아니다.

생전 처음 보는 이들, 말과 풍습이 다르고 생각하는 방식조차 다른 이들이었다. 그런 이들이 별다른 다툼도 없이 원하는 만큼의 흥정을 하고 서로에게 최대의 수익이 나는 거래를 하는 것이다.

진자강은 갑작스레 등골이 서늘해졌다.

이곳에서는 민족도, 종교도, 언어도, 사고방식도, 심지어 각자의 나라에서 통용되는 국법도 불필요했다.

무의미했다.

진자강은 그제야 이 돈황에서 자신이 찾아내지 못한 것이 무엇인지 깨달았다.

돈황이 가진 혼돈 속의 질서.

그 원천.

상인들이 고된 사막을 건너 머나먼 돈황을 찾아온 이유.

많은 이민족들이 위화감 없이 서로 어울리며 살 수 있는 이유.

그것은 이곳에서 통용되고 공유되는 유일한 수단과 유일한 목적이 오직 돈이기 때문이었다.

눈앞의 사람이 누구든 힘들게 돈황을 찾아온 건 거래를 위해서였고, 거래에서 수익을 내는 것만이 최대의 목적이었으니…….

그야말로 아귀왕에게 가장 잘 어울리는 곳이 아닌가!

진자강은 자리에서 일어섰다.

사방을 돌아다니며 무언가를 묻기 시작했다. 주로 나이 든 이들에게 묻고, 대가로 돈을 지불했다.

그러다 갑자기 하늘을 보며 길게 탄식하는 것이었다.

멀찍이에서 몰래 진자강을 따르던 영귀가 놀라 다가왔다.

진자강이 영귀를 돌아보았다.

그러곤 말했다.

"아귀왕은, 이곳에 있습니다."

영귀의 눈이 휘둥그레졌다.

*　　*　　*

진자강은 중원으로 가는 가장 빠른 인편을 수소문하고 당가로 서신을 써 보냈다.

그러곤 곧장 숙소로 돌아와 운기행공에 들어갔다.

"밥은 챙겨 주지 않아도 됩니다. 사천에서 답신이 오면 그때 알려 주십시오. 최고 지급으로 답신을 요청했으니 며칠 내에 올 겁니다."

영귀는 이유도 물을 틈이 없어 답답해 죽을 지경이었으나 어쩔 수 없이 참고 호법을 섰다.

진자강은 무려 닷새 동안 밥도 먹지 않고 깊은 행공에 빠졌다.

그러더니 정말로 사천 당가에서 답신이 오자 거짓말처럼 일어났다.

영귀는 숙수를 닦달해 급하게 밥을 준비했다.

진자강이 밥을 먹으며 조금의 여유가 생긴 듯 보이자, 영귀는 그제야 물을 수 있었다.

"아귀왕이 여기에 있다고 한 것 기억나죠?"

"기억납니다."

"사실이에요?"

"그렇습니다."

진자강의 어조는 확신에 차 있었다.

"그럼 우리가 못 찾은 거란 말인가요? 돈황 전체를 모두 뒤졌잖아요."

"찾는 방식이 틀렸습니다."

"혹시……."

영귀가 의심스러워하며 물었다.

"며칠 전, 사람들에게 물은 것이 설마 아귀왕이 있느냐는 질문이었나요?"

"아닙니다."

"아아, 그럴 거라고 생각은 했지만……."

영귀가 머쓱해했다.

"이곳 사람들은 아귀왕이 누구를 말하는 것인지도 모르고 있습니다."

"그럼 뭘 물어본 거예요?"

"혹시나 과거에 해월 진인이 이쪽에 온 적이 있는지 물었습니다. 과거에 몇 번이나 들렀다고 합니다. 진인께서도 돈황을 미심쩍어하셨던 듯합니다."

영귀는 고개를 저었다.

"진인께서는 황금공주로 사람을 꿰뚫어 볼 수 있었다면서요. 아귀왕이 있다면 찾아내셨겠지요."

"아니오. 있지만 찾지 못했을 겁니다."

"왜죠?"

진자강이 말했다.

"진인은 황금공주로 거짓을 말하는가, 진실을 말하는가 확인할 수 있습니다."

"그렇죠."

"하지만 아귀왕이 겉과 속이 똑같은 자라면, 겉으로 드러나는 모습을 감출 필요가 없는 자라면 황금공주로 거짓을 찾아낼 수 없습니다."

영귀가 '설마' 하고 중얼거렸다.

"겉과 속이 똑같다니요? 대놓고 강호를 집어삼키겠다는 야욕을 드러내고 있다는 뜻인가요?"

"아니오."

진자강이 잠시 말을 끊었다가 이었다.

"나는 내내 아귀왕의 의도를 의심하고 있었습니다. 그가 과연 무림을 정복하려는 것인가."

"그게 아니면요?"

"그게 아니었기 때문에 진인께서 찾을 수 없었던 겁니다. 이제야 왜 진인께서 전 중원을 돌아다니시고도 아귀왕을 찾아내지 못했는지 이해가 됩니다."

"저는 이해가 되지 않았네요."

영귀는 아직도 이해를 하지 못한 얼굴이었다. 진자강의 말을 들으면서 더 답답해졌다.

"잠깐 정리해 볼게요. 아귀왕은 애초에 강호를 일통하여 손에 넣으려는 생각이 없었다. 그리고 그 마음이 겉으로 드러나 있었기 때문에 진인도 알 수 없었다…… 그런 얘기죠. 그럼 도대체 그 마음이란 게 뭐죠?"

"우리 모두가 알고 있던 겁니다. 그러나 모두가 알고도 흘려넘겼던 그것."

"그러니까 그게 뭔데요!"

"아귀왕이 이제껏 강호에 해 온 짓이자, 그것 때문에 그가 앞으로도 하려는 일. 영귀도 알고 있을 겁니다. 다만 너무 뻔하여 그것이라는 생각을 못 했을 뿐이지."

영귀는 이제 답답함이 목까지 차서 말까지 짧아졌다.

"모르겠는데!"

진자강이 저도 모르게 핏 웃었다.

영귀가 왠지 창피해져 얼굴이 빨개져선 항의했다.

“좀 알기 쉽게 말해 주면 안 돼요? 사람을 꼭 그렇게 놀려야 직성이 풀리나요? 닷새나 참고 있었다구요!”

진자강이 대답했다.

“이득.”

영귀는 자기가 말을 잘못들은 줄 알았다.

“이…… 뭐요?”

진자강은 젓가락을 놓고 당가에서 온 답신을 들고선 일어섰다.

“나머지는 아귀왕에게 듣기로 하지요.”

영귀가 고개를 돌렸다.

숙소의 입구에 작은 소년이 와 있었다.

진자강과 소년은 안면이 있었다. 일전에 발이 빨라 파발을 하겠다던 소년이었다.

소년이 진자강을 향해 고개를 꾸벅 숙였다.

* * *

“명사산 월아천…….”

영귀는 신음처럼 말을 흘렸다.

소년이 둘을 안내해 간 곳은 월아천이었다.

영귀가 입술을 씹었다.
“월아천에는 분명 아무것도 없었는데…….”
“맞습니다. 그때에는 그랬습니다.”
그러나 지금은 달랐다.
모래바람 속에 섞여 오는 막대한 존재감을 느낄 수 있었다.
한둘이 아니라 수십, 수백이다.
“이만한 고수들이 어떻게 당신과 내 이목을 속이고 있을 수 있었죠?”
“그땐 없다가 지금 나타난 겁니다. 아귀왕을 만날 자격이 생겼기 때문에.”
진자강이 당가에서 온 답신을 들어 보였다.
겉으로 보는 월아천 자체는 예전과 다를 바가 없었다. 그러나 어지간한 이들은 접근하기도 어렵게 하는 분위기를 풍기고 있었다.
월아천이 가까워질수록 고수들이 뿌려 대는 예리한 기감이 영귀의 살갗을 쿡쿡 찔러 왔다.
“저 전각에…….”
영귀가 잔뜩 긴장하며 전각을 응시했다. 객잔으로 쓰이는 사 층 전각에 고수들이 몰려 있었다. 그 앞에 말들이 잔뜩 묶여 있기도 했다.

하나 소년은 전각이 아니라 장원으로 둘을 안내하였다.

"이쪽입니다."

영귀는 걸음을 멈추었다.

"저는 여기 있겠습니다."

장원과 전각의 사이. 전각에서 고수들이 튀어나오면 바로 볼 수 있는 자리다. 그리고 만약 장원에 함정이 있어 진자강이 당한다면 외부에서 도울 수도 있다.

아귀왕이 매우 궁금할 텐데도, 끝까지 자신이 할 일을 잊지 않은 영귀다.

그래도 영귀는 자못 궁금했는지 입술을 씹으면서 말했다.

"나중에 꼭 얘기해 주어야 합니다?"

"알겠습니다."

진자강은 미소를 지으며 고개를 끄덕이곤 소년을 따라 활짝 정문이 열린 장원으로 들어섰다. 영귀는 진자강의 뒷모습을 바라보다가 고개를 돌려 전각 쪽을 경계했다.

* * *

정문을 지나 안쪽 마당으로 들어가는 길에 눈빛이 지독하리만치 매서운 노인이 검은 옷을 입고 서 있었다.

진자강이 노인을 보고 말했다.

"무명노."

혹의 노인이 인상을 썼다. 매우 탐탁잖은 표정이었다. 진자강이 자신을 어떻게 알았는지 알 수가 없었다.

그러나 아무런 손도 쓰지 않았다.

진자강을 데려온 아이가 진자강을 빤히 보고 손을 내밀었다. 진자강이 동전을 쥐여 주자 돈을 챙기곤 바로 안으로 달려 들어갔다. 혹의 노인이 옆으로 비켜섰다.

진자강도 혹의 노인을 지나 안쪽으로 들어갔다.

수화문 장원 안에서는 아이들의 밝고 쾌활한 웃음소리가 들려오고 있었다.

그리고 그곳에 나이가 지긋한 백발의 노인이 아이들에게 둘러싸여 있었다. 밖에 서 있는 무명노와 똑같이 생긴, 하지만 최고급의 밝은색 비단을 두르고 있어서 느낌은 완전히 다른 노인이었다.

진자강을 안내한 아이도 백발 노인에게 달려갔다.

"랑아야, 심부름하느라 고생했다. 나중에 훌륭한 파발이 될 수 있겠구나."

백발 노인이 소맷자락에서 간식과 동전을 꺼내 랑아에게 내주었다.

"감사합니다, 대인!"

"그러고 보니 자립할 준비는 되었느냐?"

"네! 필요한 돈을 거의 모았어요."

"잘했다."

백발 노인이 다시 동전을 꺼내 주었다.

"이건 상이다. 열심히 사는 이들에게는 늘 보상이 있어야지."

옆에서 아이들이 환호하며 소리쳤다.

"저희들도 나중에 왕 대인처럼 돈을 많이 벌어서 훌륭한 사람이 될 거예요!"

백발 노인, 왕 대인이 흐뭇해하며 소맷자락에서 간식을 꺼내어 아이들에게 나눠 주었다.

第七章

아귀의 왕

백발노인은 나이가 많아 보이는 데도 정정했다.

그러나 무공은 거의 익히지 않았다. 양생술 정도나 익힌 듯하니 일반인이나 다름없다.

아이들을 향해 짓는 온화한 미소를 보면 여느 집 할아버지라 하여도 의심하지 못할 듯했다.

그러나 그가 아마도 강호에 지금까지 벌어진 피바람의 주범인 것이다.

진자강은 백발노인의 행동을 말없이 지켜보았다.

백발노인은 아이 한 명 한 명에게 근황을 묻고, 세심하게 조언해 주었다. 그리고 마지막에는 반드시 상응하는 금전을 보상으로 지급했다.

분위기는 시종 화기애애했다. 아이들은 백발노인을 바라보면서 초롱초롱 눈을 빛냈고, 백발노인은 흐뭇해하여 입에서 연신 미소가 떠나지 않았다.

백발노인이 거의 모든 아이들과 대화를 나누었다.

아이들 중에 한 명이 진자강 쪽을 자꾸 힐끗거렸다.

"왕 대인. 저…… 저기 있는 형 아까부터 기다리고 있는데요."

백발노인이 아이의 머리를 쓰다듬었다.

"괜찮다. 나와 거래를 하러 온 형이야. 내가 거래를 할 땐 어떻게 하라고 했지?"

아이들이 외쳤다.

"급하지 않게!"

"차근차근!"

"다들 잘 기억하고 있구나. 옛다."

백발노인은 귀찮아하지도 않고 대답한 아이들에게 일일이 돈을 나눠 주었다.

그중 한 아이가 눈을 똘망거리며 말했다.

"저 형은 꼭 거래를 성사시키고 싶어 하는 게 틀림없어요. 그래서 왕 대인을 방해하지 않고 기다리는 거예요."

백발노인은 동전 한 닢을 더 꺼내 주며 칭찬했다.

"맞다. 나는 굳이 하지 않아도 되지만, 저 형은 꼭 해야만 하는 거래지."

"왕 대인께서 손해를 보는 거래인가요?"

"지금의 조건으로는 아마도 그렇겠구나."

아이들이 의아해했다.

"왜 저 형은 합당한 조건 없이 막무가내로 왕 대인을 만나려는 거죠?"

백발노인이 웃으며 대답했다.

"대부분의 무림인들이 그렇다. 싸움질만 하며 그 속에서 존재감을 찾는 철없고 무식한 것들. 대개 경우라고는 조금도 없지."

그 순간.

화기애애한 분위기는 씻은 듯 사라졌다.

모든 아이들이 진자강을 노려보았다.

그것은 마치 선한 상인을 윽박질러서 돈이나 뜯어내는 건달을 보는 듯한 표정이었다.

진자강은 순식간에 돌변한 아이들의 적대적인 시선에 기분이 싸해졌다.

"그래도 그중에서 저 형은 좀 나은 편에 속한단다. 그러니 나는 이제 손님을 맞이해야겠다. 이제 가 보아라."

"감사합니다, 왕 대인!"

아이들이 저마다 백발노인에게 공손하게 인사하며 장원 안으로 들어갔다.

백발노인은 아이들이 안 보일 때까지 웃으면서 손을 흔들며 진자강에게 말했다.

"지금이야 겨우 동전 몇 개에 불과하지만, 저 아이들이 크면 그 돈의 수십 배, 수백 배를 내게 가져다주지. 게다가 저 아이들은 내게 충성을 다할 게야. 이것은 아주 수익이 높은 투자라네."

진자강이 물었다.

"평소에 무림인들을 안 좋게 생각하시나 봅니다?"

"칼과 으름장에 피땀 흘려 번 돈을 갖다 바치고, 폭력에 업장을 몇 개나 빼앗기다 보면 절로 그리된다네."

백발노인이 진자강을 돌아보며 말했다.

"그나마 자넨 좀 다르지. 이곳의 질서를 해치는 방법으로 나를 불러낼 수도 있었네. 하지만 그러지 않았어."

진자강은 당가에서 온 답신을 꺼내 들었다.

백발노인이 입가를 올려 웃었다.

"내가 자네를 만나기로 결정한 것은 자네가 들고 온 문서가 나의 구미를 동하게 만들어서가 아닐세. 그 문서로 인하여 자네가 나를 만날 수 있는 최소한의 자격을 갖추었기 때문이지."

진자강은 놀라지 않았다.

"무언지 이미 알 거라 생각했습니다."

아귀왕은 상인.

거래가 없으면 상대를 만나지 않는다.

상대가 자신을 죽이려고 찾아다니는 걸 알면서 멍청하게나 잡아 잡수시오 하고 나타날 리는 없지 않은가!

진자강은 돈황이 돌아가는 모습을 보고 깨달았다. 아귀왕을 만나기 위해서는 아귀왕과 거래를 해야 한다.

적어도 거래할 뜻이 있음을 보여야 한다.

하나 어지간한 조건으로는 나타나지도 않을 터.

진자강은 아귀왕을 만나기 위해 자신이 낼 수 있는 최대한의 조건을 걸었다.

하여 진자강이 당가에 요구한 것.

그것은 다름 아닌 당가대원의 집문서였다.

만일 이 집문서를 실수로 잃어버리거나 빼앗기면 당가대원의 모든 식솔들은 한순간에 거리로 나앉아야 하는 것이다!

백발노인이 뒷짐을 지고 감탄하며 껄껄 웃었다.

"진심으로 탄복했다네. 그 순간에 집문서를 내어 달라고 하는 이나, 그걸 달라고 바로 보내 주는 아내나! 우리 쪽에도 그럴 만한 인물은 없는데, 둘 다 배짱이 보통이 아니로군."

백발노인은 자신을 소개했다.

"내 소개를 함세. 나는 돈황에서 사업을 하는 왕연이라는 사람일세. 자네는 나를 아귀왕이라고 부른다지."

아귀왕!

마침내 백발노인이 스스로 자신을 밝혔다.

결국 아귀왕을 찾아내고야 만 것이다.

진자강은 기이한 감상에 휩싸였다. 그 기나긴 여정의 끝에 만난 이가 이런 평범한 노인이었다니.

강호를 엉망으로 만들고 사람들이 손익에만 몰두하도록 만든 자가 이렇게 대단할 것 없는 노인이라니!

진자강은 분노에 이가 갈렸다. 당장이라도 노인을 때려죽일 것 같은 충동에 휩싸였다.

그러나 진자강은 자기도 놀랄 정도로 순식간에 살의를 가라앉히며 답했다.

"사천의 진자강입니다."

"사천이라……."

그 한마디에 진자강의 복잡한 감정이 모두 섞여 있었다.

왕연은 진자강의 어조에 숨은 살의까지 느꼈으나 조금도 동요하지 않고 말했다.

"당가대원의 집문서로 내 목을 가져가기에는 턱없이 부족하지. 하나 예까지 왔으니 몇 가지 질문에 대한 답 정도는 받아 주겠네."

뜻밖에 진자강은 왕연의 제안에 바로 수긍했다.

"좋습니다."

왕연이 손을 앞으로 내어 보였다.

"좀 걸으면서 얘기할까."

왕연이 장원을 나오고 진자강이 그 뒤를 따랐다.

영귀가 당황해하고 있다가 무명노가 멀찍이 뒤에서 따르는 걸 보고 함께 움직였다.

왕연은 초승달 모양의 샘 가장자리를 진자강과 함께 걸었다. 사막 가운데에 있다고는 믿어지지 않을 정도로 물이 맑았다.

왕연이 말했다.

"이 샘을 한 바퀴 돌면 내 걸음으로 칠팔백 보 정도 될 걸세. 그게 자네에게 주어진 시간일세. 산보가 끝나면 더는 질문할 기회가 없을 테니, 궁금한 게 있거든 지금 묻게나. 뭐든 대답해 주지."

왕연의 걸음은 빠르지 않았다. 그러나 일다경 정도면 충분히 걷고도 남을 만하다.

진자강이 입을 열어 물었다.

"해월 진인을 만난 적이 있습니까?"

왕연은 고민 없이 답했다.

"있지. 그러나 그도 내가 본인이 찾는 사람이라는 건 몰랐네. 아마 지나치면서도 서너 번은 족히 만났을 것이야."

역시나 진자강의 생각이 맞았다.

겉과 속이 다르지 않아 해월 진인은 왕연을 알아보지 못했다.

"그랬군요."

그 말을 끝으로 진자강은 한동안 입을 다물었다.

"……."

왕연이 삼백 보 정도를 걸어 샘 주위를 거의 반 정도나 지났음에도 아무 말도 묻지 않았다.

"……."

"……?"

영귀는 지금 이게 뭔가 생각했다.

왜 진자강이 아무 말도 묻지 않고 있을까?

분명히 아귀왕은 뭐든 대답해 준다고 했다. 해월 진인조차 알아내지 못할 정도로 속과 겉이 다르지 않다고 했으니, 딱히 거짓을 말하지도 않을 것이다.

그런데 왜?

영귀가 외려 조바심이 났다.

사실 진자강에게 묻고 싶은 게 얼마나 많이 있겠는가.

백화절곡의 사태 시작부터 해월 진인 그리고 소림사, 백리중의 무림대회에 이르기까지.

모든 것이 아귀왕의 손에서 벌어진 일이었다.

하다못해 왜 이런 짓을 벌였는지도 궁금하다. 어쩌면 그것이 진자강도 가장 궁금해할 일 중에 하나일 터다.

그런데 해월 진인에 대한 얘기를 묻고 끝이라니.

어째서?

물어보면 대답해 준다는데 굳이 이런 상황에서 주도권을 잡을 필요가 있는 것인가!

한데도 왕연은 무덤덤했다.

진자강의 의도를 안다는 듯 웃지도 않고 독촉하지도 않았다.

처음 표정 그대로였다.

거상(巨商)…….

온갖 풍파를 겪고 수많은 부류의 사람들을 만난 거상의 여유.

손가락만 까딱하면 목이 달아날 수 있는 고수의 곁에서 걷고 있는데도 표정 하나 변하지 않는…….

남은 거리가 줄어들수록 영귀는 땀이 배었다. 걸음걸음이 마치 얼마 남지 않은 목숨줄과도 같았다.

전각에서 뿌리는 살기가 점점 강해지고, 지척에 있는 무명노 또한 내공을 조금씩 끌어 올린다.

산보가 끝나고 나면 모든 고수가 진자강을 향해 달려들 것이다.

저리 자신만만한 것을 보면 진자강을 이길 자신이 있다는 것임에 분명하다.

진자강은 오늘 살아남을 수 없을지도 모른다.

그러면 지금 당장 궁금한 걸 모두 묻고 나서 달아나기라도 해야 하지 않는가! 영귀가 뒤를 막으면 진자강이라도 어쨌든 살아날 수 있지 않겠는가!

하지만 진자강은 그러지 않았다.

한 걸음, 한 걸음.

마침내는 산보가 거의 끝나갈 때까지 한 마디도 내뱉지 않았다.

물론 왕연도 마찬가지였다. 느긋하게 걷고 있을 뿐이다.

지독하다.

영귀는 주먹을 말아쥐었다. 지독해도 너무 지독하다. 겁을 먹었든 다른 생각이 있든, 진자강이 이렇게 지독하게 군다고 해결되는 일은 아무것도 없는 것을!

어느새 이들은 초승달 모양의 샘을 한 바퀴 다 돌아가고 있었다.

이제 남은 건 단 한 걸음.

영귀는 아까부터 전신에 소름이 돋고 솜털이 곤두서 있었다.

사 층 전각에서 뿌려지는 살기는 이제 더욱 선명해져서 허공에서 칼날이 쏟아지는 듯하였다.

정말로 느긋하게 산보하듯 걸은 진자강과 왕연은 몰라도 영귀는 더 이상 참을 수 없었다.

영귀가 더 이상 참지 못하고 소리를 질렀다.

"독룡! 지금 당신만 태평하면 다야? 당신이 여기에 오기까지 죽은 사람들을 잊었어?"

그 말에 반응한 건 진자강이 아니라 왕연이었다.

왕연이 마지막 한 걸음을 남겨 두고 멈춰 섰다.

"껄껄껄껄! 껄껄껄!"

왕연은 배꼽이 빠질 정도로 미친 듯이 웃어댔다.

"이거야 원! 저 나살돈 처자의 말이 후련하기 짝이 없군. 도대체가 이 무슨 쓰잘머리 없는 짓인가 말이야."

왕연이 멈춰서서 진자강에게 손을 내밀었다.

"하나, 돈에는 감정이 없네. 거래는 거래지."

영귀는 진자강이 당연히 주지 않을 거라 생각했다. 하지만 진자강은 별말 없이 사천 당가의 집문서를 왕연에게 건네주었다.

영귀는 어이가 없어서 입을 벌렸다.

지금 해월 진인에 대한 한마디만 묻고 당가대원의 집문서를 넘긴 것인가?

당가대원의 식솔들이 통째로 거리에 나앉아도 상관없다고?

"야! 독룡!"

영귀가 소리 질렀다.

그때까지 조용히 뒤따르기만 하던 무명노가 드디어 본색을 드러냈다.

"닥쳐라, 시끄러운 것. 입을 찢어 버리기 전에."

영귀가 이를 갈며 무명노를 노려보았다가 다시 진자강을 쳐다보았다.

왕연이 진자강을 바라보며 미소를 지었다.

"좋지는 않으나 재미난 거래였네."

진자강도 담담하게 대답했다.

"좋은 거래였습니다."

왕연이 당가대원의 집문서를 챙기고 마지막 한 걸음을 내디디려는 순간, 사 층 전각에서 살기가 극심하게 쏟아졌다.

찌리리릿!

영귀는 살기를 견디기 힘들어 몸을 떨었다. 전각에 있는 건 보통의 고수들이 아니다.

그때.

"아."

왕연이 그대로 가지 않고 다시 멈춰서 고개를 돌렸다.

"나도 하나만 묻겠네."

왕연조차 도저히 궁금해 참지 못했던 것일까.

진자강이 대답을 하지 않고 빤히 바라보자 왕연은 살짝 웃었다.

"물론 공짜는 아니네. 나살돈의 처자는 살려 주지."

"물어보십시오."

영귀가 소리를 치려 하였으나, 무명노가 영귀에게 살기를 뿌려 댔다. 영귀는 목소리가 나오지 않았다.

왕연이 물었다.

"도무지 이해가 가지 않아 그러는데, 정말로 아까의 질문 한 가지가 이 당가대원의 집문서와 교환할 가치가 있었던 것인가?"

진자강은 잠깐 대답을 않고 기다렸다가 되물었다.

"내가 여기 왜 왔는지 모릅니까?"

왕연이 진자강을 조소했다.

"알지. 나를 죽이기 위해서가 아닌가. 하나 궁금한 게 많을 터인데, 나를 그냥 죽일 수 있겠나?"

그제야…….

진자강이 웃었다.

더 이상 살기를 감추지 않고 왕연을 똑바로 쳐다보며 이를 드러냈다.

"이제 내가 당신의 얼굴을 확인했잖습니까."

얼굴을 보았으니 언제든 너를 죽이러 갈 수 있다!

진자강의 말을 못 알아들을 왕연이 아니다.

이것은 진자강의 협박이다.

진자강식의 협박이다.

상대의 영역에서 승부를 벌이지 않고, 상대를 자신의 영역으로 끌어들인다.

왕연은 얼굴을 찡그렸다.

겁을 먹은 건 아니다.

그러나 매우 불쾌했다.

마지막에 진자강에게 질문하지 말아야 했다. 그랬다면 이런 협박을 당할 이유도 없었다.

"건방진……."

왕연이 분노를 담아 내뱉었다.

쏟아지는 진자강의 살기에 왕연의 얼굴은 하얗게 질렸다. 그러나 놀랍게도 왕연은 성큼 걸음을 내디뎌 마지막 한 걸음을 걸었다.

일반인임에도 불구하고 진자강의 살기를 벗어날 만큼 스스로 거물임을 증명한 것이다.

비틀, 왕연이 마지막 걸음을 딛고 흔들린 순간 무명노가 바람처럼 움직였다.

잔뜩 신경을 곤두세우고 있던 영귀가 단도를 들고 무명노의 앞을 막았다.

"어딜!"

영귀의 단도가 허공을 수차례 그어 댔다.

무명노가 어깨를 뒤로 당겼다가 일장을 크게 후려쳤다.

"꺼져라!"

영귀의 단도가 그어 낸 날카로운 예기가 순식간에 바스러졌다. 무명노는 속도를 줄이지 않고 앞으로 몸을 날리며 뒷발로 영귀를 돌려찼다. 영귀가 단도를 긋기도 전에 무명노의 다리가 빛살처럼 영귀의 늑골로 파고들었다.

우드득!

영귀는 피를 뿜으며 일격에 나가떨어졌다. 몸을 굴려 일어서려다가 서지 못하고 무릎을 꿇었다. 단 한 방에 내장이 온통 뒤흔들려서 내상이 극심했다.

무명노가 왕연을 잡고 빠르게 진자강에게서 떨어졌다. 진자강은 굳이 막지 않고 지켜보기만 했다. 하지만 입가에 올린 미소는 감추지 않고선, 손가락을 들어 자신의 눈을 그리고 왕연을 차례로 가리켰다.

왕연은 더욱 불쾌해진 얼굴로 입술을 꾹 다물었다.

왕연이 장원으로 돌아가는 동안 무명노가 왕연의 뒤를 막아섰다.

이어 무명노가 소리쳤다.

"나와라!"

사 층 전각에서 숱한 인영들이 튀어나왔다. 일 층부터 삼 층까지, 숱한 살기의 주인들이 진자강을 향해 쏘아져 왔다.

영귀는 통증으로 얼굴을 찡그리고 있다가 하마터면 달아나라고 소리칠 뻔했다.

그러나, 그 순간에 보는 진자강의 등은 말로 표현하기 어려울 만큼 거대했다.

전각에서 뛰어내리는 수십 명의 고수들을 보면서 굳건하게 서 있는 진자강에게, 도망가라는 말이 굳이 필요하다는 생각이 들지 않았다.

상승의 고수들이 진자강을 향해 쇄도했다.

땅에서, 공중에서!

그중에는 유명 문파에 속한 이들도 있었고 처음 보는 이들도 있었다.

아귀왕이 끌어모은 고수들. 옷차림새도, 지닌 병기도, 사용하는 무공도 다른 이들이 진자강 한 명을 노리고 달려드는 것이다.

진자강이 내공을 끌어 올렸다.

옥허구광 오뢰합마공, 구광제.

혼원!

고오오오…… 거대한 기류가 진자강의 발밑에서 피어올라 회오리쳤다.

독기가 모공에서 흘러나와 회오리를 타고 진자강의 몸을 감쌌다.

혼원의 경지에 오르면서 진자강은 독기를 배출하고 멈추기가 더욱 자유로워졌다. 굳이 피를 내지 않아도 흘러나온 수라혈의 독기가 호신강기처럼 진자강의 주위를 떠돌았다.

어지간한 이들은 진자강에게 다가서지도 못하리라!

더구나 수라혈에 당하여 몸이 녹아 죽으면, 융액(融液)된 시신 자체가 또 새로운 독이 되어 점점 주위로 번져 나가게 된다. 점점 더 진자강에게 유리한 환경이 되어 가는 것이다.

그러나 고수들에게도 그에 대한 대응이 있었다.

무명노가 명령했다.

"지금이다!"

고수들이 품에서, 소매에서 약병과 접은 종이들을 꺼냈다. 그러곤 진자강을 향해 마구 던지고 날렸다.

무수한 액체와 가루가 진자강을 뒤덮었다. 진자강의 모습이 보이지도 않을 정도로 마구 쏟아졌다.

화악!

약재를 장력에 실어 쏘아 내는 이들도 있었다.

펑! 퍼펑!

장력이 진자강의 몸에 맞고 터지면서 가루들을 흩뿌려댔다.

제독분(除毒粉)과 해독액(解毒液)!

고수들은 진자강에게 직접 공격하지 않고 거리를 둔 채 빙글빙글 돌며 약재들을 쏟아 냈다. 중원과 서역을 아울러 구할 수 있는 모든 방독(防毒)의 약재들이 아낌없이 퍼부어졌다.

진자강이 서 있는 자리의 반경 오 장이 모두 해독제들로 뒤덮였다.

갖은 약재를 뒤집어쓴 진자강은 손바닥에서 독기를 끌어내었다. 하늘하늘, 독기가 아지랑이처럼 피어올랐다가 중화되어 기운을 잃고 희미해졌다.

그야말로 돈을 물처럼 써서 준비한 대(對) 진자강의 상대법.

무명노가 싸늘하게 조소했다.

"아무리 지독한 독이라 하더라도 무한량의 바닷물에 섞

이면 소용이 없게 되는 법.”

약을 바닷물처럼 마구 퍼부을 수 있는 것도 막대한 재력을 지닌 아귀왕이니 가능한 것이었다.

“우리가 아무 대비책도 없이 너를 상대할 줄 알았느냐? 이제 네 수라혈은 봉쇄되었다.”

순간 진자강이 발을 굴렀다.

훅!

보이지도 않을 정도로 움직인 진자강이 가장 가까운 고수의 머리 위에서 나타났다. 고수가 쌍권을 급히 뻗어 진자강의 가슴을 쳤다. 진자강은 고수의 양팔이 쭉 뻗어지기 직전에 주먹을 가슴으로 받으면서 그의 안면을 손바닥으로 덮었다.

그러곤 얼굴을 잡은 채 힘으로 땅에 눌러 버렸다.

콰앙!

고수는 뒤통수부터 땅에 처박혔다. 진자강이 무릎으로 고수의 가슴을 누른 채로 얼굴을 덮은 손에 내공을 주입했다. 진자강의 손에서 독기가 뿜어져 나오고, 지글거리며 살이 타는 냄새와 함께 연기가 피어올랐다.

작열쌍린장.

지지지지…….

“으아아악! 으아악!”

고수가 발버둥을 쳤다. 얼굴에서 독연이 계속 뭉실거리며 뿜어졌다.

진자강이 고개를 들어 무명노와 고수들을 쳐다보았다.

"대비책이라고 했습니까?"

진자강은 진한 비웃음을 머금고 되물었다.

"봉쇄?"

얼굴에서 독연을 내뿜고 있던 고수는 점점 더 숨이 줄어갔다. 발버둥 치던 팔다리에서도 힘이 빠져 가며 몸이 굳기 시작했다.

진자강에게 잡힌 고수는 별 반항도 하지 못하고 머리가 녹아 죽었다.

무명노와 고수들의 얼굴이 일그러졌다.

아무리 해독제가 사방에 뿌려져 있대도 수라혈이 퍼지는 걸 막고 효과를 약화시키는 것뿐이다. 저렇게 죽을 때까지 독을 퍼붓는데 안 죽으면 그게 더 이상한 일이다!

하나 그것보다 더 기분 나쁜 건 굳이 대비책이 뭐든 상관없다는 진자강의 태도.

그냥 죽일 수 있는데도 굳이 일부러 독으로 녹여 죽였다.

무명노가 이를 갈며 손을 들었다.

"끝까지 허세를 부리다니."

진자강이 뒤로 허리를 젖혔다가 발을 구르며 무명노에게

로 날아갔다. 고수들이 진자강을 막아섰다. 진자강이 주먹을 뻗었다.

쾅!

양팔로 진자강의 주먹을 막은 노고수가 진자강의 힘을 이기지 못해 중심을 잃고 나동그라졌다. 진자강이 발로 걷어찼다. 노고수가 바닥에 등을 대고 빙글 돌며 발바닥으로 진자강의 정강이를 밀어 막으려 했다. 진자강은 멈추지 않고 그대로 밀어 찼다.

우지끈! 진자강의 정강이에 밀린 노고수의 발목이 부러졌다. 상상하기 힘들 정도의 내공이 깃들어 있었다. 진자강의 발끝이 노고수의 대퇴부에 찍혔다.

대퇴골이 살을 뚫고 튀어나왔다. 노고수가 이를 악물고 진자강의 고간을 찼다. 진자강이 뛰어오르며 양발로 노고수의 가슴을 짓밟았다. 노고수는 가슴이 뭉개졌다. 숨이 가물거렸다. 내버려 두어도 일각을 버틸 수 없다. 그럼에도 진자강은 노고수의 목을 비틀어 완전히 목숨을 끊었다.

진자강의 옆에서 날카로운 인상의 검객이 검을 찔러 왔다. 진자강은 눈동자만 돌려 검객의 검을 확인하고 상체를 가볍게 흔들었다.

핏핏 검기가 진자강의 어깨와 목을 스쳐 지나갔다. 진자강이 맨손바닥으로 검면을 쳤다.

떵!

검이 크게 출렁이면서 흔들렸다. 검객의 손아귀가 찢어지며 검이 튀었다. 진자강이 검지와 중지로 엄지를 감쌌다가 펼쳐서 검객의 미간을 가리켰다. 검객이 흠칫하며 눈에 힘을 주고 안력을 돋구었다.

진자강의 엄지의 모공에서 흘러나온 독액 한 방울이 검지와 중지 사이의 골을 타고 앞으로 미끄러졌다. 독액 한 방울이 검지와 중지 끝에 이르자 쭉 늘어지며 마치 옆으로 선 고드름의 모양처럼 되었다. 그러다 어느 순간 똑 떨어져, 진자강의 손을 떠났다. 독액이 허공을 격하고 날아 검객의 미간에 도착했을 때에는 최종적으로 긴 바늘 모양이 되어 있었다.

팍!

검객의 미간에 붉은 점 하나가 생겼다. 검객은 무슨 일이 벌어졌는지 어리둥절해하다가 뒤통수를 만져 보았다. 피가 배어 나왔다. 눈에도 피가 들어차기 시작했다. 코에서 피거품이 쭉 쏟아졌다. 검객은 선 채로 절명했다. 코에서 흐르던 피거품이 피고름으로 변해 바닥으로 떨어졌다.

허공에는 아직도 수많은 제독분과 해독액이 떠다니고 있었으나, 큰 효용이 없었다.

진자강이 팔광제에 있었다면 피 안개로 뿜어 사용하는 수라혈이 봉쇄되었을 수도 있다. 그러나 혼원에서 독기를 조절하는 능력이 크게 늘어나며 거의 방해를 받지 않게 되었다.

죽이고자 하면, 죽는다.

묵직한 언월도를 사용하는 고수가 파공음을 울리며 진자강의 머리를 쪼갰다. 진자강이 손바닥으로 언월도의 도면을 쳤다.

빼걱! 언월도의 날 부분이 부러져서 떨어져 나갔다. 고수가 엎어지려다가 자세를 겨우 추스르고 부러진 언월도의 끝으로 재차 진자강을 찔러 갔다. 진자강이 창대를 쳤다. 창대가 뚝 떨어져 나갔다. 고수가 흠칫 놀라며 부러진 창대로 또 진자강을 찔렀다.

진자강이 연신 창대를 후려쳤다. 사람 키보다 길었던 언월도가 순식간에 삼분지 일로 줄어들어 버렸다.

"크아아!"

고수가 창대를 내팽개치고 기합을 내는 순간, 진자강이 그의 복부를 손가락 끝으로 짚었다.

촌경.

과거와 위력이 달랐다.

빠엉!

고수의 허리 부분이 통째로 사라졌다. 고수의 가슴 윗부분이 허공에서 둥실 떠올랐다. 하체는 뒤로 구르며 처박혔다.

"이런 잔인한 놈!"

누군가가 진자강의 뒤에서 외치며 쌍검을 휘둘렀다. 쌍검의 검기가 수십 개로 나뉘어 진자강의 잔상을 난도질했다. 진자강의 신형은 쌍검을 휘두른 자의 옆에서 나타났다.

쌍검의 고수 또한 한때 강호에서 혈라쌍사(血羅雙蛇)라 불리며 한 성을 재패했던 실력자, 결코 이름 없는 고수가 아니었다. 혈라쌍사는 신법을 극대로 펼쳐 이형환위로 진자강의 뒤까지 돌아갔다. 진자강도 또다시 혈라쌍사의 뒤로 돌아갔다.

훅!

눈 깜짝할 사이에 진자강과 혈라쌍사가 번갈아 가며 나타났다가 사라지길 반복했다.

그런데 갑자기 뚝! 소리가 나면서 혈라쌍사의 쌍검이 부러진 채 떠올랐다.

그리고 나타난 건, 진자강이 혈라쌍사의 목줄기를 틀어쥔 광경이었다. 혈라쌍사가 버둥거리며 진자강의 몸을 주먹으로 치고 발로 찼다.

다시 뚝 소리가 나며 혈라쌍사의 목이 꺾였다. 꺾여서 등 뒤로 넘어간 머리통의 칠공에서 피고름이 흘러나왔다.

"네 이놈!"

한 고수가 진자강의 등을 타오르듯 붉은 손바닥으로 후려쳤다.

펑!

진자강의 등짝 부근 옷이 갈가리 찢기며 터져 나갔다. 드러난 등에 빨건 손바닥 자국이 찍혔다.

진자강이 고개를 돌려 그를 쳐다보았다.

"여유 부리다가 노부의 최심장(催心掌)을 맞았구나! 네놈이 온전할 수 있는 것도 촌각뿐이다!"

한때 최심장으로 강호에서 이름을 날린 전대의 고수, 망령단수(亡靈丹手)였다. 최심장은 장력을 내부로 침투시켜 심장을 파괴하는 상승의 장법으로 금강불괴에 버금가는 신체에까지도 손상을 입힐 수 있는 특수한 무공이다.

망령단수가 회심의 미소를 지으며 소리쳤다.

"네놈이 죽으면 네 처와 아이는 물론이고 당가의 모든 식솔들의 뼈와 가죽을 발라 저잣거리에 널어 주마!"

순간 진자강의 손이 망령단수의 얼굴로 날아왔다.

망령단수가 깜짝 놀라서 팔을 들어 막았는데, 진자강의 손바닥이 망령단수의 팔을 튕겨 내며 그대로 뺨을 후려쳤다.

철썩!

망령단수의 고개가 돌아갔다.

구광제의 힘을 얻은 진자강이라면 뺨을 쳐서 목을 부러뜨리고 머리를 터뜨릴 수도 있었다. 그러나 그렇게 하지 않고 마지막 순간에 힘을 뺐다.

내공 없이 뺨을 쳤을 뿐이다.

뺨이 화끈거렸다. 망령단수의 뺨이 자신의 손바닥처럼 붉어졌다.

"이놈이……!"

진자강이 말했다.

"조금 전에 뭐라고 했죠? 잘 못 들었습니다만."

망령단수가 화를 냈다.

"네 처와 아이를……!"

진자강이 다시 반대쪽 뺨을 때렸다. 망령단수는 양팔로 얼굴을 가로막았다. 하나 진자강의 손이 무식하리만치 팔을 비집고 들어갔다. 와직! 망령단수의 팔꿈치와 손목이 돌아갔다.

망령단수는 이번에도 진자강의 따귀를 막지 못했다. 진자강은 마지막 순간에 힘을 빼서 따귀를 쳤다.

철썩.

진자강이 다시 물었다.

"알아듣게 말해 주면 좋겠습니다만."

다른 고수가 진자강의 뒤를 급습했다. 거구가 진자강의 머리를 터뜨릴 것처럼 주먹을 내려쳐 짓이겼다.

부우웅! 거구의 주먹이 허공을 헛쳤다. 진자강의 몸이 사라지고 거구의 머리 위에서 나타났다. 진자강은 일반 사람의 장딴지보다 두꺼운 거구의 머리와 턱을 잡고 비틀었다. 거구가 목에 힘을 주고 버티었다. 승모근과 목이 크게 부풀고 힘줄이 튀어나왔다. 외가공부를 익혀 힘이 보통이 아니었다.

진자강의 팔 근육도 팽팽해졌다.

힘겨루기에서 거구가 밀렸다. 거구의 턱이 반 뼘만큼 돌아갔다.

뚜둑.

거구가 기합을 지르며 더욱 힘을 주었다. 거구의 목과 턱에 징그러운 힘줄이 돋아났다.

"크아아아!"

진자강이 한 번 더 힘주어 팔을 비틀었다.

뚜둑.

또다시 반 뼘이 더 돌아갔다. 이제 머리가 완전히 옆으로 누이기 직전이었다.

"끅."

거구의 얼굴이 뻘게지고 입에서 거품이 흘러나오기 시작했다.

진자강이 싸늘하게 말했다.

"안 보입니까? 지금 이분과 얘기 중이잖습니까."

우두두둑! 목에 돋아난 힘줄이 무의미할 정도의 파열음과 함께 거구의 턱이 완전히 돌아갔다. 머리가 옆으로 누이고 목이 부러져 턱이 하늘을 향했다.

진자강은 거구의 어깨를 밟고 올라서서 돌아간 머리에 한 발을 올리고 천근추로 내리눌렀다.

쾅! 거구의 머리가 땅바닥에 깊숙이 처박혔다.

진자강이 거구를 밟고 서서 귀찮아진 상의를 찢어 버리곤 망령단수를 바라보았다.

"말씀해 보십시오. 뭐라고 했습니까?"

망령단수도 한 시대에 이름을 날린 고수라 이 정도로 기가 죽지 않았다. 뺨이 아픈 것보다도 자존심이 상해 화가 났다.

"네 처를……."

그런데 뺨이 화끈거리면서 잇몸이 찌르듯 아파 왔다.

어느새 혓바닥이 퉁퉁 부어서 입안에 가득 차고 있었다. 부어오른 뺨의 살이 꺼멓게 살이 죽고 눈에 피가 들어찼다. 코피가 흘렀다. 잇몸에서 피가 흘러 잇새에 피가 고였다. 망령단수는 입술마저 퉁퉁 부었다. 혀가 완전히 입안에 꽉 차서 목구멍을 막았다. 말은커녕 숨조차 쉴 수가 없었다.

"끄윽…… 끅. 끅."

그럼에도 불구하고 망령단수는 남은 힘을 짜내 웃었다. 진자강의 상체를 가로질러 붉은 핏줄이 뻗어 나가고 있는 모습이 보였다. 최심장의 내공이 기혈을 파고들어 진자강의 심장을 향하고 있었다.

진자강은 망령단수의 시선과 웃음을 보더니, 무덤덤하게 자신의 가슴을 내려다보았다. 시뻘건 혈흔이 쭉 그어지는 것처럼, 최심장의 내공이 등 뒤에서부터 허리의 대맥을 빙 둘러 올라오는 광경을 확인했다.

진자강은 손을 들더니 손끝을 모아 자신의 허리와 늑골 사이에 박아 넣었다.

푸욱.

최심장의 내공이 올라오는 기혈의 길목이다. 그러곤 최심장의 내공이 도달한 순간 손을 뽑아냈다.

콰악!

피와 함께 최심장의 내공이 밖으로 터져 나왔다. 진자강의 늑골 아래에도 구멍이 뻥 뚫렸다.

피가 철철 흘렀다. 하나 진자강은 눈썹조차 찡그리지 않았다. 여전히 차가운 표정으로 상처를 보았다가, 고개를 들어 망령단수를 쳐다볼 뿐이다. 망령단수는 어이가 없어 아무 말도, 아무 반응도 보일 수가 없었다.

저런 식으로 최심장을 막아 낼 수 있다고 해도, 진자강처럼 아무렇지 않게 자신의 몸에 구멍을 낼 수 있는 자가 얼마나 있겠는가.

그러고 보니, 자신뿐만 아니라 한 명 한 명 상대하는 데 있어서 손속이 매우 무겁다. 사람의 목숨을 파리 목숨처럼 가벼이 여기는 게 아니라, 한 명 한 명을 원수처럼 대하고 있다.

자신보다 하수인 자 하나 죽이는데 무슨 이렇게까지 성의를 보인단 말인가. 망령단수라면 귀찮아서라도 그렇게 하지 못할 것이다.

그런데 진자강은 그렇게 하고 있다.

망령단수는 절망을 느꼈다.

왕연의 휘하로 들어가기 전, 강호에서 일 갑자를 넘게 활동했지만 이런 느낌이 든 건 처음이었다.

대체 왜 처음부터 저런 괴물을 적으로 삼은 것이지?

망령단수는 죽음 직전에야 깨달았다.

"이건…… 그르륵…… 뭔가 잘못……."

겨우겨우 내뱉은 망령단수의 말을 진자강이 단칼에 끊었다.

"아까는 그 말이 아니었잖습니까."

진자강이 이젠 더 들을 필요도 없다는 듯 손가락으로 망령단수의 이마를 짚었다.

망령단수의 눈빛이 절망으로 물들었다.

퍽.

망령단수의 머리가 형체도 없이 사라졌다.

망령단수의 머리가 가리고 있던 시야가 트이자, 망령단수의 비어 있는 어깨 너머로 막 장원으로 들어가려던 왕연과 진자강의 시선이 서로 마주쳤다.

왕연의 얼굴은 잔뜩 굳었다.

아직 죽은 고수보다 살아 있는 고수가 더 많다.

그러나 벌써부터 싸움의 주도권이 순식간에 기울어 있다.

왕연은 입을 꾹 닫고 몸을 돌려 장원 안으로 들어갔다.

곧 고수들이 정신을 차리고 진자강을 공격하기 시작했다.

"아아……."

영귀는 진자강의 싸움을 보며 왠지 모를 감정이 울컥 치밀었다.

진자강이 유리해 보이지만 반드시 유리하다고도 할 수 없다. 그렇게 유리했다면 굳이 왕연의 얼굴을 기억할 이유도 없었을 것이다. 고수들을 모두 죽이고 바로 왕연을 잡으면 되니까.

그러나 진자강으로서도 이 고수들을 모두 죽이고 왕연까지 쫓는 건 쉽지 않다는 걸 인식한 때문에 왕연을 죽이는 건 훗날로 미룰 수밖에 없었을 터.

영귀는 진자강이 월아천을 돌며 왜 왕연에게 질문을 던지지 않았는지 깨달았다.

왕연에게 질문하는 대신, 정신을 집중해 주변을 탐색했음이 분명했다. 고수들의 숫자와 혹시 모를 주변의 함정까지, 미리 감지하고 대응 방법을 강구한 것이다.

영귀는 이를 악물고 일어섰다. 부러진 늑골을 끼워 맞추었다.

진자강은 이길 거다. 그렇게 믿었다. 그렇다면 자신에게는 자신의 할 일이 있었다.

지금 상황에서 영귀가 해야 할 일은 진자강과 함께 싸우는 게 아니라 싸움이 끝난 뒤 진자강의 일을 덜어 주는 것이다.

장원 뒤쪽과 전각에 있는 수많은 말과 빈 마차들이 아까부터 눈에 거슬렸던 참이었다. 왕연이 장원으로 돌아간 건, 안전하게 뒤쪽으로 나가 마차를 타려는 셈이다.

영귀는 조용히 뒤로 물러나서 싸움의 영향권에서 비켜났다.

*　　*　　*

고수들은 아까보다 훨씬 더 신중해졌다. 신중해진 만큼 행동에 과감성이 떨어졌다. 고수들이 워낙 소극적이었으므로 진자강에게 섣불리 다가서지 않고 피했기 때문에, 진자강은 아까처럼 쉽게 고수들을 죽일 수 없었다.

그러나 진자강은 서두르지 않고 고수들의 숫자를 하나씩 줄여 나갔다.

무명노의 얼굴이 일그러졌다.

한때 강호를 호령했던 팔십 명의 초고수들이 진자강 하나를 어쩌지 못하고 있다. 강호의 거대 문파 하나도 반나절이면 쓸어버릴 만한 무력이!

이대로 차륜전을 펼쳐 진자강의 힘을 빼는 것이 과연 의미가 있을까?

자신들 쪽의 대응이 너무 소극적인 터라 진자강은 거의 피해 없이 고수들을 죽여 가고 있었다. 진자강은 전신이 피로 물들었지만 실제로 크게 입은 피해는 스스로 몸에 낸 구멍뿐이다.

벌써 열 명이 넘게 죽었다. 이대로라면 상당수의 숫자가 더 줄어들어도 진자강에게 피해를 입히기 어려울 것이다.

피해를 감수하지 않고는 저 괴물을 이길 수 없다.

무명노가 외쳤다.

"우리의 수가 많다! 한 명이 한 번씩만 놈의 몸에 칼질을 해도 우리가 이긴다!"

몸을 사리지 말고 최소한의 피해라도 입히고 죽어라.

동귀어진을 주문한 것이다.

고수들이 이를 악물었다.

무명노의 말이 맞다. 지금처럼 몸을 사리며 싸우다가는 모두 차례로 죽고 말 뿐이다. 이제 남은 건 오직 한칼 먹이고 죽느냐, 그냥 죽느냐 뿐이다.

선택의 여지가 없어진 고수들은 마음을 다잡으며 살기를 뿜어냈다.

고수들의 눈빛이 변했다. 하나같이 내로라하는 고수들이라 찌를 듯한 살기가 월아천을 통째로 뒤덮었다. 월아천의 샘 수면에 끊임없이 파랑(波浪)이 일었다. 묶어 둔 말과 가축들이 비명을 지르며 날뛰었다.

이제부터는 매 초식이, 모든 공격이 절초고 동귀어진의 수가 될 것이다.

가축들의 울음이 진자강에게 그리 경고하는 듯하였다.

애초에 진자강은 지금의 상황을 충분히 예상했다.

상대는 어중이떠중이가 아니라 고수들의 집단이다. 저들이 차륜전을 쓰면 시간이 끌려 아귀왕을 놓칠 것이고, 동귀어진으로 폭사(暴死)하려 든다면 진자강도 피해를 크게 입어 결국 아귀왕을 쫓지 못하게 될 터였다.

어차피 같은 결과라면 저들의 입장에서는 그나마 후자가 이득이다.

아니나 다를까. 역시나 무명노는 그중에서 후자를 택했다.

진자강이 손을 쓰지 않고 멈추며 무명노와 고수들을 돌아보았다.

그러더니 되물었다.

"한 번씩만 칼질을 하면 이긴다……. 정말입니까?"

무명노가 눈을 부릅뜨고 진자강을 노려보며 소리쳤다.

"놈의 말을 듣지 말라!"

그러나 사람이 귀가 있는데 이미 들린 말을 버릴 수도 없는 노릇이다.

진자강이 피로 물든 얼굴로 고수들에게 말했다.

"한번 그 말이 맞는지 시험해 보십시오."

진자강에게 마치 숨겨 둔 수가 있는 것처럼, 당당하게 해보라고 외쳐 대니 고수들도 갑자기 마음이 꺼림칙해졌다.

하나 그들도 강호의 경험이 적잖은 이들.

한 명이 나섰다.

"내가 해 보지."

수염을 가슴까지 길게 내린 도인 풍모의 노검수였다. 아니, 도인이 맞았다.

"본인은 파문되기 전 도문에서 활동할 때 낙일검(落日劍)이란 별호를 가지고 있었다. 네가 태어나기도 전의 일이지. 애송아, 어디 내 검을 받아 보겠느냐?"

진자강이 낙일검을 빤히 보며 말했다.

"도인이면 도인다워야지, 도가의 규칙을 어겨 파문된 쓰레기 주제에 누구에게 애송이다 뭐다 합니까?"

낙일검의 눈썹이 꿈틀거리며 치솟았다.

무명노가 외쳤다.

"말 섞지 말라니까!"

그러나 이미 늦었다. 낙일검이 자신을 삼류 왈패 취급한 말에 분노하여 진자강의 말에 대꾸한 것이다.

"나는 왕가의 은혜를 갚기 위해 스스로 파문된 것이지, 파락호 짓을 하여 파문된 것이 아니다!"

진자강의 입가에 미소가 피어올랐다.

진자강의 미소를 보며 낙일검은 아차 싶었다. 자신이 실언하였음을 깨달았다.

"그렇군요. 아귀왕이 어떻게 강호 전체를 쥐고 흔들면서도 흔적을 남기지 않는가, 이만한 고수들을 어찌 영입하였는가 의아했는데, 이제 알겠습니다."

진자강이 말했다.

"이백 년이 넘은 전통의 육영당. 당신은 육영당 출신인 겁니다. 맞습니까?"

낙일검은 대답하지 않았으나 이미 대답한 것과 마찬가지였다.

"상인, 파발, 회계사, 관리, 무인……. 오래전부터 필요한 곳에 인재가 될 만한 아이들을 골라 보내 강호 전체에 영향력을 퍼뜨렸군요. 소림사로 들어간 대불도 그중 한 명이었고."

진자강이 고개를 끄덕이며 낙일검에게 손짓했다.

"덕분에 의문이 풀렸으니 한 수 받아 드리겠습니다. 오십시오."

"이놈……."

낙일검은 분노하여 주먹까지 떨었다. 전신에 내공이 팽팽하게 차올라 머리카락들이 하늘로 솟구쳤다.

낙일검이 발을 굴렀다.

꽝!

"형제들! 내가 먼저 가네!"

신검합일. 낙일검이 바로 자신이 펼칠 수 있는 최대의 절기를 펼쳐 진자강에게로 검과 함께 날아갔다.

번쩍!

낙일검이 빛살처럼 진자강을 관통해서 지나갔다. 진자강의 옆구리에서 피가 튀었다. 낙일검은 목이 부러져 멀리까지 날아가 나동그라졌다.

고수들이 신경을 곤두세우고 집중했다.

통했나?

목숨을 건 신검합일치고 진자강이 당한 피해는 보잘것없었다. 살점이 조금 떨어져 나가 피가 튀었을 뿐, 내장은 조금도 상하지 않았다.

진자강이 말했다.

“목숨값이 생각보다 얼마 안 되는 듯합니다. 다음은 누굽니까?”

그들 중 누군가가 중얼거렸다.

“괴물. 어마어마한 괴물이야.”

고수들의 눈빛은 오히려 더욱 날카로워졌다.

저 정도로 해야 겨우 상처 하나 입힐 수 있다는 사실이 그나마 남은 미련을 모두 사라지게 하는 것 같았다.

“하지만 그 괴물에게도 공격이 통한다는 걸 방금 알게 됐군.”

“한 명이 한 번이다. 방금 같은 공격으로 오십 번, 육십 번이면 괴물도 걸레처럼 너덜너덜해질 게다.”

진자강은 아무렇지 않게 대꾸했다.

“그럼 해 보시라 하지 않았습니까. 하지만 끝까지 성공할 수 있을지 없을지 당신들 중 태반은 알지 못할 겁니다.”

덤비는 순간 죽을 테니까.

사막의 바람이 피 내음을 잔뜩 싣고 불어왔다. 어지간한 이들은 입까지 얼어붙을 만큼 진자강의 기세는 사나웠다.

고수들은 크게 동요하진 않았다. 하나 진자강의 말과 행동 하나하나가 거슬려서 기분이 매우 불편했다.

덥수룩한 수염을 기른 중년의 고수가 말했다.

"나를 비롯해 여기 있는 전원은 강호를 구를 만큼 구르고 겪을 만큼 겪었다. 네 흉악한 심계는 매우 뛰어나나 쉬이 먹히지 않을 것이다."

진자강이 그를 빤히 보며 말을 내뱉었다.

"악록산."

순간 중년의 고수가 흠칫했다. 자기도 모르게 몸이 떨려서 뒷걸음질을 칠 뻔했다.

진자강이 고개를 끄덕였다.

"당신 기억납니다. 검왕의 대결을 방해하러 왔던 정의회의 무사들 중 한 명이 아닙니까."

"뭐라고! 그, 그걸……."

중년의 고수가 너무 놀라서 바로 대꾸를 하지 못하자, 진자강이 웃었다.

"평무사의 복장을 하고 있었던 걸로 기억합니다. 잘도 드러나지 않고 그런 데에 끼어 있었군요."

수백 명이 넘게 있었고 혈투가 벌어지던 와중이었다. 그들 중에 있던 자신을 어떻게 기억하고 있단 말인가!

중년 고수가 고개를 좌우로 저었다.

"아니, 비슷한 얼굴을 기억해서 대충 때려 맞힌 거겠지. 그런 걸로 날 흔들 수 있을 듯싶으냐!"

"아는 얼굴이라 반가웠던 거지, 별로 흔들고 말고 할 생각 같은 건 없습니다."

진자강이 중년 고수에게 손짓했다.

"다음번에까지 기억하고 싶진 않으니 이번엔 끝내야겠습니다."

스스로 진자강의 심계에 걸리지 않는다 하였지만 이미 중년 고수의 얼굴은 붉으락푸르락해지고 있었다.

어떻게 하는 말마다 저렇게 얄미울 수 있단 말인가!

"네 이놈!"

중년 고수가 뛰쳐나가며 폭발적으로 도를 후려쳤다. 사람 키만 한 도기가 뿜어지며 진자강이 있는 자리를 반으로 갈랐다.

쾅! 반으로 갈리다 못해 바닥의 모래가 터져 나갔다. 진자강이 역잔영 혼신법으로 중년 고수의 머리 위에서 나타났다.

"그럴 줄 알았다!"

중년 고수가 무릎을 굽히며 도를 하늘로 치켜들었다. 도가 파공음을 일으키며 머리 위에서 핑핑 돌았다. 도기가 더욱 짙어져 시퍼런 기운이 원을 그리며 동심원처럼 퍼졌다.

대력휘환살(大力揮環殺).

중년 고수, 대력도(大力刀)가 숨겨 둔 절초였다. 머리 위에서 돌아가는 도에 걸린 모래며 공기며, 모든 것이 잘렸다. 진자강의 잔상도 대력휘환살에서 삽시간에 찢겨 나갔다.

대력도가 이를 드러내며 눈을 치켜떴다. 진자강이 대력도의 바로 앞, 발밑 바닥의 모래 속에서 몸을 일으켰다.

푸스스스. 모래 속으로 파고들었다가 나온지라 모래알들이 진자강의 몸에서 무수하게 쏟아졌다.

대력도가 크게 놀라 손이 어지러워졌다. 도를 거두는 순간에 손이 꼬였다. 진자강의 손가락이 대력도의 하복부를 짚었다. 대력도는 도 대신 손으로 하복부를 가렸다. 진자강의 손가락이 대력도의 손등을 쭉 밀었다.

투학! 대력도의 손이 사라지고 배꼽 아래에 사람 머리보다 더 큰 구멍이 뚫렸다.

"꺽……."

진자강은 앞으로 고꾸라지는 대력도의 목을 잡았다. 대력도가 당혹스러운 눈초리로 진자강을 쳐다보았다.

"당신을 기억하는 건 여기까집니다."

우두둑!

진자강은 대력도의 목을 꺾어 완전하게 끝을 냈다.

고수들은 아까부터 진자강이 상대를 끝까지 확실하게 죽이는 걸 보았다. 제아무리 치명상을 입고 내버려 두면 곧 죽을 것 같아도 굳이 시간과 노고를 들여 죽였다.

"지독한 놈."

고수들은 치를 떨었다.

진자강이 고수들을 쳐다보았다.

"이번엔 한칼을 하지 못했군요. 당신들 계획, 이대로 괜찮겠습니까?"

고수들은 미간을 찌푸렸다.

괜히 기분이 이상해진다. 방금만 해도 한칼 하고 죽으면 이긴다는 생각을 하고 있었는데, 진자강이 하는 양을 보면 또 괜히 의심이 생기는 것이다.

누군가가 참다못해 소리를 질렀다.

"걱정해 주는 거냐!"

무명노가 짜증 가득한 목소리로 이를 씹었다.

"놈과 말을 섞지 말라니까."

무명노는 얼굴을 잔뜩 찡그렸다.

싸움의 분위기를 쥐락펴락하는 진자강의 능력이 보통이 아니다. 아까부터 이쪽이 기세를 탈 만하면 끊고, 탈 만하면 끊어서 자신의 것으로 가져가고 있었다. 자꾸만 이쪽의 고수들이 멈칫멈칫하게 만드는 것이다.

보라.

아까 싸움의 시작에 이쪽 고수들이 기세등등하게 내뿜었던 살기는 진자강에게 말려들어 계속 출렁거리다가 흐름을 잃어 밀렸다. 진자강의 살기가 싸움터를 온통 지배할 뿐이다.

진자강이 다시 도발했다.

"바쁜 일 없으십니까? 싸우기 싫으면 그냥 꺼져도 됩니다. 나중에 한 명 한 명 찾아가서 다 죽일 겁니다."

섬찟한 말이었다.

남이 이 자리의 수십 명을 기억해서 다 찾아가 죽인다고 하면 개소리라고 비웃을 텐데 진자강이 말하니 거짓 같지가 않다. 소름이 끼칠 정도다.

고수들이 악에 받쳐서 이를 갈았다. 방금 대력도를 기억하는 걸 보았고, 아까는 왕연에게 얼굴을 기억한단 말을 하기도 했다.

진자강이 상의를 찢어 버려서 허여멀건 한 상체를 드러낸 채로, 손을 들었다.

"그게 싫으면 조금이라도 승산이 있을 때 어서들 오십시오. 차례차례 죽여 드릴 테니까."

순간 고수들은 깨달았다.

차례차례?

한 명씩?

어쩌면 진자강은 은연중에 자신들을 한 명씩 상대하는 게 편하다는 걸 드러낸 게 아닐까!

돌이켜 보면 망령단수와 싸울 때에도 다른 이가 개입하니 매우 싫어했었던 것이다.

본래 고수들은 본격적으로 손을 쓰기 전에 상대를 탐색하고 분석하기를 좋아한다. 게다가 모두가 고수들이라 검기만 뽑아도 키만큼은 나오니 여럿이서 협공하는 것이 불편하다. 최대한의 힘을 발휘하기도 어렵다.

그러나 진자강이 일대일의 싸움이 편하다고 한다면, 당연히 반대로 행동해야 한다. 굳이 검강을 뽑지 않아도 수가 여럿이니 충분한 위력을 발휘할 터였다.

고수들이 서로 눈짓을 주고받았다.

'한꺼번에 가야 이긴다!'

진자강의 상체는 훤히 드러나 있다. 여타 독문의 고수들처럼 소매에 뭔가를 숨겨 둘 수 있는 것도 아니고 딱히 숨겨 둔 수가 있지도 않아 보인다.

눈짓을 주고받은 고수들이 진자강을 빙 둘러 원형으로 포위하였다. 그러곤 점점 원을 좁혀 가다가 일순간 무기를 들어 진자강을 공격했다.

수십 명의 고수가 동시에 진자강 한 명을 향해 공격했다. 수십 개의 날붙이가 각각의 시퍼런 도기와 검기를 머금고 빼곡하게 쏟아졌다.

"죽어라!"

순간 진자강이 양팔을 늘어뜨렸다.

불현듯, 고수들은 불안감에 휩싸였다. 진자강이 너무나 태연자약하다!

고오오오오.

진자강의 발밑에서부터 기류가 타고 올랐다.

시간이 멈춘 것처럼 온 사방이 고요해졌다.

매 촌각, 아니 일수유(一須臾)의 시간이 흐를 때마다 고수들의 병기는 진자강을 향해 다가들고 있었고, 모순적이게도 그만큼 그들의 불안감 또한 증폭되고 있었다.

진자강이 발을 굴렀다.

팅. 발목에서 한 쌍의 고리가 튕겨 올랐다. 진자강이 공중에 뜬 고리에 양쪽 손목을 밀어 넣었다. 손목에 고리가 끼워졌다.

그러더니!

딸깍…….

고리가 풀리면서 투명한 실이 나풀거리며 풀려나왔다.

당가에서 나올 때 아무런 준비 없이 나오지 않았던 것이다!

진자강이 읊조렸다.

"수라……."

멸세혼.

신(新) 수라경, 이십사 절명현(二十絲 絕命絃).

이전보다 배로 숫자가 늘어난 수라경이 거칠게 튕기면서 허공을 누볐다.

촤아아아아!

도기를 긁고, 검기를 긁고, 장력을 수십 줄로 쪼갰다. 그 뒤에는 피와 살로 이루어진 사람이 있었다. 사람도 똑같이 쓸려 나갔다. 허공에서 무수한 피거품이 생겨났다. 팔다리가 튕겨 다녔다.

완전히 끌어들여서, 순식간에 수십을 죽였다. 몇이나 죽었는지 셀 수도 없었다. 날아다니는 것은 깨진 병장기와 살덩어리와 피였다.

검기로는 수라경을, 더욱 깊어진 진자강의 내공을 막을 수 없었다. 진자강을 둘러싸고 있던 포위망의 전면이 한순간에 무너졌다.

"으아아아악!"

뒤쪽에 있던 이들만 겨우 검강을 뿜어내 수라경을 쳐 내어 살아남을 수 있었다.

고수들은 경악했다. 속았다. 이 한 수를 위해서 일부러 맨손으로 박투를 펼쳤던 것인가! 검강을 쓰지 못하게 유도하여 끌어들인 것인가!

진자강은 앞쪽의 무인들이 완전히 혼란에 빠진 사이 기회를 놓치지 않고 몸을 돌리며 반대쪽에서 달려드는 무인들을 상대했다. 허리춤으로 손을 내렸다가 들었다. 손가락 사이에서 침들이 삐죽 솟아 나왔다. 진자강은 양팔을 한껏 당겼다가 펼치면서 연속으로 네 번이나 독침을 뿌렸다.

쉬이이이익!

고수들이 너무 붙어 있어서 검으로 쳐 내거나 피하기가 쉽지 않았다. 몇몇은 쳐 내거나 장으로 받았지만 튕긴 독침에 같은 편이 맞기까지 했다.

진자강이 던진 독침들이 고수들의 몸에 고슴도치처럼 꽂혔다. 앞선 고수들이 격추당한 듯 고꾸라져 피를 토했다.

진자강은 거기서 멈추지 않았다. 바로 몸을 틀어서 수라경을 바닥에 박고는 샘의 가장자리를 달리기 시작했다.

쫘아아아악!

수라경이 모래 바닥을 깊숙이 파고들어 긁어 댔다. 모래가 산더미처럼 치솟았다. 그중에 검은 그림자가 섞여 있었다. 진자강이 월아천을 향해서도 수라경을 뿌려 내었다.

수면이 미친 듯이 출렁이며 인영들이 튀어나왔다.

아귀왕이 태연하게 진자강과 샘 주변을 산책할 수 있었던 이유다.

인영들은 물방울과 튕긴 모래를 밟고 허공에 떠서 검을 뽑아 들었다.

그들이 쥔 검이 밝게 빛나며 빛무리가 어렸다.

그리고, 남아 있는 이들 중에서 다소 뒤쪽으로 물러나 있던 고수들도 진자강을 따라왔다.

그들 역시 무기를 아래로 내리고 내공을 극한까지 끌어올렸다.

콰아! 콰아아! 여기저기에서 환한 빛 덩어리들이 연신 발광(發光)했다. 검강을 쓸 수 있는 고수들이 검강을 뽑어내고 있는 것이다. 차례로 촛불을 밝히듯 곳곳에서 환한 검강이 튀어나와 바닥의 모래를 태웠다.

진자강이 몸을 돌려 독침을 던졌다.

검강을 일으킨 고수들은 검강으로 독침을 태워 버리고 나머지는 피했다. 사람이 확 줄어 피할 공간이 넉넉해졌다는 게 다행이라면 다행이었다.

일단의 고수들이 검강으로 수라경을 쳐 내며 진자강에게

접근해 왔다. 진자강이 양손을 바닥에 박아 넣었다.

고수들의 발아래에서 수라경이 튀어나왔다. 한둘은 수라경에 당했으나 나머지는 검강으로 수라경을 치고 반발력으로 뛰어올랐다. 경신법이 뛰어난 일부는 놀랍게도 아예 수라경을 밟고 뛰어오른 이들도 있었다.

진자강에게 계속 당한 듯싶어도 아귀왕이 여러 문파에 심은 고수들이다. 진자강이 처음부터 그들의 심리를 계속 뒤흔들지 않았다면 진자강은 굉장히 고된 싸움을 해야 했을 것이다.

진자강이 좌우로 수라경을 뻗었다. 뻗어 나간 수라경이 고수들의 몸을 감고 방향을 틀어서 다른 이들에게 날아갔다. 바둑판처럼, 씨실과 날실이 공간을 가로질렀다. 허공에 줄줄이 꿰이듯 몇 명의 고수들이 수라경에 꿰뚫려 걸렸다.

그 와중에도 몇몇이 검강을 앞세워 진자강에게 날아왔다.

신검합일!

아까보다 더 빠르고 강력한 빛이 진자강의 가슴을 관통했다. 진자강은 아슬아슬하게 몸을 틀어 피하며 지나간 자의 목에 수라경을 걸었다. 신검합일로 날아온 이는 스스로의 힘에 의해 수라경에 목이 잘렸다. 순간 위에서 꽂히듯 다른 이가 날아왔다. 진자강이 몸을 돌려 피했으나 늑골 끝이 길게 긁히며 갈려 나갔다. 반격할 틈도 없이 반대쪽 어깨가 한 뭉텅이 날아갔다. 눈 깜짝할 사이에 세 번의 신검합일이 들어왔다.

이어 진자강의 머리 위로 태산압정의 도강이 뚝 떨어졌다.

진자강은 왼손에 수라경을 둘둘 감고 장으로 도강을 올려쳤다. 전신에 흐르던 혼원의 내공이 막대한 장력이 되어 뿜어졌다.

쩌엉!

도강과 수라경이 부딪치며 깨진 종이 울리는 듯한 소리와 함께 도강과 수라경이 동시에 진동했다.

그러나 도의 손잡이에는 손만 남았다. 도를 휘두른 고수의 상체는 진자강의 무지막지한 장력에 쓸려서 사라져 버렸다. 도강을 뿜던 도가 주인을 잃고 허공에서 빙그르르 돌았다.

팍! 모래 아래에서 꼬챙이가 튀어나와 진자강의 발바닥을 찔렀다.

모두 걷어 냈다고 생각했는데 아직 한 명이 남아 있던 모양이었다. 진자강은 뒤로 물러났다. 꼬챙이가 연신 삐죽 솟으며 진자강을 따라왔다. 머리로 날카로운 지풍이 날아왔다. 빠악! 눈꼬리 옆쪽이 지풍을 맞아 찢어졌다. 그사이 꼬챙이가 진자강의 발바닥을 꿰뚫었다. 진자강은 허공에 떠 있던 도를 수라경으로 낚아채 모래 바닥에 박아넣었다. 칵! 다급히 숨을 삼키는 소리와 함께 모래 바닥에서 피가 몽글몽글 배어났다.

찌잇, 찟! 쥐가 우는 듯한 소리가 나며 허공에서 사나운 지풍이 쏟아졌다. 동시에 아래에서는 한 노인이 흰 수염을 휘날리며 달려와 진자강에게 쌍장을 때렸다. 진자강은 노인의 쌍장을 가슴으로 고스란히 받으며 팔꿈치로 노인의 머리를 찍었다.

노인의 머리가 옆으로 꺾이고, 진자강도 장력에 맞아 뒤로 튕겨 났다. 진자강은 튕겨 나면서 노인의 목에 수라경을 걸었다. 그러면서 지풍을 쏜 고수에겐 독침을 던졌다. 한 손으로 섬절과 비선십이지를 동시에 구현했다. 지풍을 쏘던 고수는 일부 독침을 지풍으로 맞추어 튕겨 냈으나 비선십이지로 돌아온 독침은 막지 못했다. 독침이 고수의 오른쪽 귓구멍으로 들어가 왼쪽 귓구멍으로 튀어나왔다. 수라경에 걸린 노인은 목이 달아났다.

진자강은 뒤에서 날아오는 살기를 느꼈다. 한데 살기를 느낀 순간에 이미 등이 뜨끔했다. 은밀하게 날아온 두 개의 얇고 날카로운 칼날이 등에 박혔다. 뽑으려고 잡거나 누르면 즉시 깨져서 날카로운 조각들이 몸 안에서 돌아다니게 되는 잔혹한 암기 은접비(銀蝶匕)다. 진자강은 공중으로 뛰어올라 몸을 빠르게 회전시켰다. 박혔던 은접비가 회전력에 빠져나가고 뒤이어 날아오던 수십 자루의 은접비도 수라경에 깨져서 조각이 되어 퍼졌다.

진자강은 수라경을 던져서 암기를 던진 자의 몸을 휘감았다. 그를 당겨서 깨진 은접비가 잔뜩 떨어진 바닥을 구르게 했다.

"으아악!"

수많은 조각이 그의 몸에 박혔다. 구를 때마다 박힌 은접비가 깨지며 날카롭고 예리한 조각이 되어서 더욱 안쪽 깊이 파고들었다. 전신 곳곳에서 은접비 조각이 만들어 낸 상처를 통해 핏물들이 죽죽 새어 나왔다. 고통에 몸부림쳤지만 그럴수록 더 은접비가 깨져서 몸 안에서 구멍을 낼 뿐이었다. 진자강은 그의 머리통을 수라경으로 휘감아 일순간에 고통을 끝내 버렸다.

훅!

거대한 바람이 불더니 긴 그림자가 진자강의 머리 위에서 나타났다.

무명노가 뒤에서부터 앞으로 진자강의 머리 위를 뛰어넘으며 거꾸로 눈이 마주쳤다.

준비시킨 고수가 반 수 이하로 줄고, 또 그 수의 반이 줄

자 마침내 움직인 것이다.

무명노가 단단하고 강인한 손가락을 갈고리처럼 구부려 진자강의 목줄기를 움켜쥐었다. 진자강이 머리를 뒤로 빼자 쇄골을 아래에서부터 거꾸로 손가락으로 찍어 잡았다.

뚝!

아무리 진자강이 따로 호신강기를 익히지 않았다고 해도 너무도 간단히 뼈가 부러졌다.

무명노의 절기인 지옥십지(地獄十指)였다.

눈이 튀어나올 정도의 극심한 고통이 있었으나 진자강은 조금도 멈추지 않고 떨어지는 무명노의 얼굴을 주먹으로 가격했다.

빡! 무명노의 코가 부러져 비뚤어졌다. 무명노는 바닥으로 구르면서 번개처럼 진자강의 고간으로 손을 뻗었다. 진자강이 발을 뒤로 뺐는데 무명노의 손가락 마디마디의 관절이 빠지면서 손가락이 살짝 늘어났다. 고환 대신에 진자강의 허벅지가 무명노의 손에 걸렸다.

무명노가 손가락을 꽉 움켜쥐며 당기자 허벅지 살 일부가 떨어져 나갔다. 하나 그 순간에 진자강이 무명노의 손가락에 수라경을 걸어 당겼다.

진자강과 무명노의 눈이 마주쳤다. 진자강이 송곳니를 드러내며 수라경을 당겼다.

카가각!

돌덩이가 칼에 긁히는 소리가 났다. 무명노는 내공을 잔뜩 불어 넣어 버텼다. 손가락이 수라경을 견뎌 냈다.

진자강은 무명노의 가랑이를 찼다. 무명노가 다리를 오므려 무릎으로 막았다. 진자강이 수라경을 당겨 무명노를 앞으로 끌어들인 후, 이마로 무명노의 턱을 받았다.

무명노가 고개를 당겨서 자신의 턱을 목에 바싹 붙였다. 진자강이 머리로 들이받았지만 충격이 확 줄어들었다. 무명노는 수라경에 묶이지 않은 손으로 진자강의 배를 찍어서 움켜쥐었다. 진자강의 단단한 근육에 무명노의 손가락이 틀어박혔다. 무명노가 진자강을 보곤 미소를 지었다. 진자강은 고개를 젖혔다가 재차 무명노의 안면을 들이받았다.

뻑! 주먹에 맞아 부러졌던 코가 완전히 뭉개지면서 무명노의 안면에 피가 튀었다. 무명노가 손가락에 힘을 주어 당겼다. 진자강의 배 근육이 찢기며 떨어져 나가려 했다.

순간 진자강은 다시 한번 무명노의 고간을 찼다.

쩌적.

무명노의 얼굴에 퍼런 핏줄이 돋으며 마치 지옥을 본 듯한 표정이 되었다.

진자강이 수라경을 당겼다.

무명노의 몸에서 힘이 빠진 바람에 손가락들이 버티지 못하고 떨어져 나갔다. 무명노는 진자강의 배까지 놓치고 거의 무릎을 꿇고 엎어질 듯이 하다가 잘린 손가락으로 진자강의 눈을 찔렀다. 진자강이 무명노의 손목을 잡고 비틀면서 팔꿈치를 무릎으로 올려쳤다. 무명노가 스스로 어깨의 관절을 빼고선, 반대쪽 손으로 진자강의 머리를 쳤다. 진자강은 무명노의 배를 발로 밀면서 관절이 빠진 팔을 당겨 뽑아 버렸다. 무명노의 찢긴 어깨에서 분수처럼 피가 솟았다. 무명노는 몸을 회전시키며 공중으로 뛰어올라 진자강의 머리를 발로 돌려찼다. 진자강이 날아오는 발과 같은 방향으로 고개를 돌렸다. 발이 빗나갔지만 풍압에 진자강의 머리카락 일부가 뜯겨 나가고 살이 찢겼다. 아까 찢어졌던 눈꼬리의 상처가 더욱 벌어지며 진자강의 얼굴은 흠뻑 피로 젖었다. 진자강이 고개를 돌린 방향으로 몸을 같이 회전시키며 위에서 아래로 찍듯이 무명노의 등을 발로 밀어 눌렀다.

쾅! 무명노가 바닥에 곤두박질쳤다. 무명노는 그 와중에도 진자강의 발등을 손가락으로 찍었다.

진자강은 발등을 내주었다. 대신 무명노의 목에 수라경을 걸었다. 무명노가 진자강의 발등 찍기를 포기하고 팔뚝으로 물구나무를 서며 뒷발로 진자강의 얼굴을 두들겼다.

퍼퍼퍽! 진자강은 한 손으로 뒷발을 모조리 막아 내며 아래에 있는 무명노의 머리를 차 버렸다.

펑! 무명노의 머리가 젖혀지며 몸이 공중에서 한 바퀴를 돌았다. 진자강이 무명노의 배를 손가락으로 짚었다.

슈학! 빈 공간에 세찬 바람이 일었다. 무명노가 힘껏 몸을 비틀어 촌경을 피하곤 진자강의 어깨를 찍어 찼다.

이미 살점이 한 움큼 떨어져 나가 있던 어깨가 발뒤꿈치에 찍혀 피가 터져 나왔다. 맞은 어깨 쪽의 다리가 굽혀졌다. 진자강은 아예 몸을 더 낮추어서 무명노의 양다리를 어깨에 올리며 몸을 반대로 돌렸다. 강력한 악력으로 발목을 잡곤 팔을 힘껏 휘둘러 무명노를 땅에 메쳤다.

콰앙!

무명노가 대자로 바닥에 처박혔다. 모래가 폭발하듯 튀어 올랐다. 진자강은 무명노의 다리를 어깨에 얹고 다시 몸을 반대로 돌려서 들어 메쳤다.

쾅! 쾅!

진자강이 세 번이나 땅에 메치는 바람에 무명노는 등짝이 부서질 듯한 충격을 받았다. 벌어진 입에서 핏방울이 튀어나왔다. 그러나 네 번째에는 진자강이 몸을 돌리기 전에 윗몸을 일으켜 진자강의 목을 손가락으로 틀어쥐었다. 진자강이 허리를 뒤로 누이며 잡고 있는 무명노의 다리 사이로 발을 뻗어서 무명노의 가슴을 차 버렸다.

무명노가 벌러덩 자빠졌다.

무명노와 진자강 모두 뒤로 넘어져 누운 자세가 되었다. 사방에서 고수들이 달려들어 넘어진 진자강을 검으로 찔렀다. 진자강이 누운 상태에서 다리를 뒤로 넘겨 일어났다. 오른손의 검지와 중지로 눈앞으로 날아온 검의 검면을 눌러 아래로 밀어냈다. 날아오던 검들이 모두 그 검에 걸려 뒤엉켰다.

돌연 검끼리 겹쳐진 검면에 쩍 하고 금이 가며 구멍이 뚫렸다. 무명노의 손가락이 검들을 박살 내며 진자강의 얼굴까지 날아왔다. 무명노의 강한 악력이 진자강의 안면을 잡고 짓눌렀다. 이마와 광대뼈, 볼이 푹 들어가며 우둑 소리를 냈다.

"죽어라!"

무명노가 소리쳤다.

진자강은 안면을 잡힌 채로 웃었다.

"웃어?"

무명노의 눈에 불이 켜졌다. 순간 무명노의 손목에 수라경이 감겼다.

무명노가 말을 하며 진기가 흐트러진 약간의 틈을 진자강은 놓치지 않았다.

사악!

무명노의 손목 밑동이 손바닥과 유리(遊離)되어 미끄러졌다.

놀란 고수들이 부러지고 깨진 검들로 진자강을 찔러 무명노를 보호하려 했다.

진자강은 검에 찔리든 말든 몸으로 밀고 들어가 양손으로 무명노의 머리통을 잡았다. 그러곤 머리를 누르며 무릎으로 올려쳤다.

와직!

무명노의 머리에 무릎이 박혔다. 무명노는 움직이지 못하고 허리가 굽혀진 채로 몸을 부르르 떨었다.

진자강이 여전히 무명노의 머리를 누르고 있는 상태에서 말했다.

"말 섞지 말라. 본인이 한 얘깁니다."

그러나 무명노는 대답할 수 없는 얼굴이 되어 있었다. 그 상황에서도 무명노가 끝까지 손을 뻗어 진자강을 잡으려 하였으나, 진자강은 무명노의 목을 비틀어 버렸다.

무명노가 목이 돌아간 채로 넘어갔다. 그사이 다른 고수들이 진자강의 등을 난자했다. 진자강은 끄떡도 않고 서 있다가 천천히 고개를 돌려 고수들을 바라보았다.

고수들은 공포와 경악에 휩싸여 더 이상 진자강을 공격

하지 못하고 그대로 굳었다.

진자강이 그들을 빤히 쳐다보며 손을 들었다.

하늘하늘.

수라경의 실들이 바닥에 깔렸다가 천천히 오르기 시작했다.

진자강이 살기를 줄기줄기 뿜어내며 읊조렸다.

"수라멸세혼."

*　　*　　*

왕연은 장원의 안쪽, 등 뒤에 거대한 휘장이 쳐진 화려한 대청 안에 앉아 있었다.

시종이 안색이 하얗게 되어 보고했다.

"누, 누가 마차와 말…… 마부들을 모조리 죽였습니다. 객잔 쪽에 있는 말까지도……!"

왕연은 이미 누가 그랬는지 짐작했다.

"내버려 두고 다과상이나 차려 와라."

아이들이 왕연의 앞에 다과상을 차려 왔다. 왕연은 자신이 제일 좋아하는 간식을 집었다. 팥소를 넣고 바삭하게 튀긴 떡이다.

와작.

우물우물.

왕연은 기다렸다.

오래 걸리지 않았다. 일각이 지나기도 전.

끼이이이.

귀에 거슬리는 소리가 들리며 대청의 입구가 사선으로 갈라져서 미끄러졌다.

쿠우웅.

돌과 나무들이 깨끗하게 잘려서 엎어졌다.

그리고 그곳으로 전신에 피를 뒤집어쓴 혈인이 들어왔다.

혈인이 대청에 앉은 왕연 쪽으로 똑바로 걸어왔다. 그러더니 옆에 있는 의자를 집어 왕연의 앞에 놓고는 거기에 털썩 앉았다.

얼마나 피를 뒤집어썼는지 의자 밑으로 핏방울이 뚝뚝 떨어졌다.

언제 나타났는지 혈인의 뒤에는 영귀가 왕연을 노려보며 서 있었다.

왕연은 입을 우물거리며 튀긴 떡을 씹었다.

와작. 와작.

혈인이 턱을 치켜들고 오만한 표정으로 왕연을 쳐다보았다. 왕연도 날카로운 눈으로 혈인을 노려보면서 튀긴 떡 한

개를 더 쥐어 입에 넣으려 했다. 그러나 입안에 던져 넣은 떡이 온데간데없이 사라졌다.

와작.

앞에 앉은 혈인의 입에서 바삭한 떡을 씹는 소리가 났다.

혈인, 진자강이 왕연에게 물었다.

“집문서는 잘 가지고 있습니까?”

왕연은 진자강의 위아래를 찬찬히 살폈다.

진자강의 부상은 적지 않았다. 어깨 살점이 떨어지고 옆구리가 패고 가슴에는 구멍이 났다. 수도 없이 베이고 긁힌 상처들이 있었다.

그러나 그건 왕연이 오랫동안 공들여 키워 낸 고수들이 죽음으로 바꾼 대가라고 치기엔 너무나 약소하기 그지없는 것이었다.

왕연이 말없이 진자강을 빤히 보고 있다가 다시 간식 하나를 집었다. 그러자 진자강이 간식 그릇을 손으로 쳐서 날려 버렸다.

챙그랑!

그릇이 바닥에 엎어지고 튀긴 떡이 굴러다녔다. 주워 먹기도 그런 것이 진자강이 흘린 핏방울이 튀어 묻어 있었다.

먹을 수 있는 건 왕연이 들고 있는 하나만 남은 거나 마찬가지였다.

진자강이 권유했다.

"그건 당신의 그림자에게 올리는 젯밥입니다."

왕연이 떡을 옆으로 던져 버렸다.

"건방지긴."

평소에 늘 그런 얘기를 듣는다고 대꾸했던 진자강도 아무 말을 하지 않았다. 뚫어져라 왕연을 바라볼 뿐이다.

방금까지 수십 명을 죽이고 왔으니 눈빛에서 아직 살기가 가시지 않았다. 조금만 수틀리게 나오면 바로 목을 비틀어 버릴 것 같은 분위기를 풍긴다.

누구라도 지독한 압박감이 느껴질 터였다.

진자강이 물었다.

"왜 그랬습니까?"

하나 그에 대한 대답은 왕연의 웃음이었다.

"푸흐흐."

왕연은 실소를 짓다가 이내 우스워 죽겠다는 듯 배를 잡고 껄껄 웃었다.

"이제 보니 천하의 독룡이 사람을 웃기는 재주가 있구만!"

껄껄껄!

"왜. 부하들 다 죽이고 피투성이가 된 채로 협박하면 내가 뭐든지 다 술술 털어놓을 것 같았나?"

왕연이 한참을 웃다가 말했다.

"나는 상인이야. 조건이 맞지 않으면 목에 칼이 들어와도 거래를 안 해."

왕연은 앞으로 몸을 기울여 진자강과 얼굴을 가까이했다. 입에서 미소를 싹 지우곤 눈을 치켜떴다.

"내가 이 정도 협박에 굴할 줄 알았으면 잘못 생각한 게다. 너 같은 것들을 한두 번 만나 본 줄 아느냐. 이만한 협박은 나 왕연에겐 협박 축에도 속하지 않는다. 애 · 송 · 아."

무공을 익히지 않았음에도 왕연에게서 풍기는 위압감은 진자강이 내뿜는 살기 못지않았다. 보통 사람이라면 주눅이 들어 아무 말도 못 하고 어버버거리다가 시선을 떨구었을 것이다.

하나 진자강은 왕연을 한참 바라보고 있다가 고개를 슬쩍 위로 들었다. 간식을 올렸던 협탁에 깔린 비단 천을 들어 얼굴의 피를 닦았다.

그러곤 그대로 왕연의 이마를 받아 버렸다.

뻐억!

"크악!"

왕연은 이마를 잡고 뒤로 넘어졌다. 의자가 넘어가 바닥을 굴렀다.

"내가 거래를 하러 온 걸로 보입니까?"

진자강이 말했다.

"얘기를 들어 보겠습니다. 그리고 합당한 사유가 있다면 살려 드리겠습니다. 그게 내가 여기까지 온 이유입니다."

"크윽, 큭. 큭!"

왕연은 웃는 건지 우는 건지 알 수 없는 묘한 신음을 냈다.

왕연은 자신이 상인이라는 입장을 내세워 자신의 판을 깔고 거기에 진자강을 끌어들이려 했다.

그러나 진자강은 전혀 호응하지 않았다. 오히려 자신의 판에 왕연을 잡아끌고 있었다.

왕연은 고통에 주름살이 가득한 이마를 찡그리면서도 주섬주섬 몸을 일으켰다. 쓰러진 의자를 세우며 말했다.

"십 년 전에 내가 너를 알았다면 반드시 후계자로 키웠을 것이다. 너는 중원 전체를 손아귀에 넣고 뒤흔들 만한 상술을 가진 상인이 되었겠지."

왕연이 의자에 앉으려 했다. 하나 앉는 순간 의자의 다리가 날아갔다. 왕연은 기우뚱하며 넘어가 다시 바닥에 엎어졌다. 진자강의 앞에 무릎을 꿇고 엎드린 꼴이 되었다.

진자강이 차갑게 말했다.

"당신이 말한 십 년 전에 내가 있던 문파가 몰살당했습니다. 당신의 음모 덕에."

왕연은 얼굴 하나 붉히지 않고 무릎을 툭툭 털며 일어났다.

"음모? 누가 무슨 음모를 꾸몄다는 것이지?"

진자강은 분노를 드러냈으나 과하게 내비치진 않았다.

"이제껏 강호에서 벌어진 일들, 본인이 한 짓이 아니란 뜻입니까?"

"음모 같은 건 꾸민 적이 없어. 내가 백화절곡처럼 작은 약문을 없애라, 그런 지시를 했을 것 같은가? 그깟 몇 푼 되지도 않는 일들을, 이 내가?"

"직접 강호에 끼어들라는 명령을 내리지 않았다는 건 알고 있습니다. 하나 상계를 움직여 강호를 흔든 것까지 부인하지는 못할 겁니다."

"내가 상계에 영향력을 가지고 있는 건 사실이지. 그런데 상계의 거물들에게 이래라저래라, 명령을 내렸다는 건가? 그들은 상인이야. 거상들이지. 그들도 이득이 없으면 움직이지 않아. 내가 그들에게 손해를 보라고 하면서, 그것도 목숨까지 걸도록 하며 내 생각을 강요할 수는 없어."

들을수록 헷갈리는 말이었다.

강호에 직접적으로 관여하지도 않았고, 상계를 움직인다면서 상계가 강호에 영향을 끼치게 명령한 적도 없다는 것이다.

진자강이 물었다.

"내가 사람을 잘못 찾아왔습니까?"

그러나 왕연은 그 말을 수긍하지 않았다.

"꼭 그렇다고는 할 수 없지."

"다시 묻겠습니다."

진자강의 살기가 짙어졌다.

"당신이 하는 일은 뭡니까."

"껄껄껄, 내가 한 일이 뭔지도 모르면서 나를 찾아와 죽이겠다고 한다는 것도 우습군!"

왕연이 답했다.

"나는 상계의 거래를 조율하며 물자의 흐름을 관측하여 상계에 조언을 하지. 남는 돈을 투자하길 원하는 이에겐 투자처를 소개해 주고, 자금이 부족한 이에겐 자금을 다른 데서 끌어와 빌리도록 하여 주네. 대량의 물품을 납품하게 되면 어디서 그 물품을 시간 내에 구할 수 있는지도 알려 주지. 간혹 서로 간에 인맥 필요한 사람들을 연결시켜 주기도 하고."

"거간꾼이잖습니까."

"내가 관여하는 결제 금액이 하루 평균 십만 냥이야. 나라에 군수품을 조달할 땐 하루 만에 백만 냥이 내 손에서 움직인 적도 있어."

왕연은 자신의 손을 내밀며 주먹을 꽉 쥐어 보였다.

"그런데, 이 내가 단순한 거간꾼처럼 보이는가? 수십만 냥을 다루는 건 조금만 실수해도 어느 한순간에 모든 걸 잃을 수 있는 일이야. 돈은 물론이고 그에 종속된 수천 명, 수만 명이 한순간에 직업을 잃고 실직하게 되는 중대한 일이지. 단 한 마디의 조언이라 할지라도 수많은 조건과 환경을 검토하고 미래를 예측하는 복잡한 과정을 통해 비로소 이루어진다네."

언뜻, 강호에까지 신경 쓸 여유가 없다…… 그런 뜻으로 들렸다.

그러나 모든 상황과 조건을 검토한다는 것에 강호를 빼놓을 리 없다.

"무림인에 대해 당신이 어떻게 생각하는지 압니다. 다시 묻겠습니다."

진자강이 말을 끊었다가 물었다.

"당신은 강호를 이토록 혼란으로 몰아넣고, 거기에서 무엇을 얻고자 합니까."

왕연은 혀를 찼다.

"몰라서 묻나?"

"돈."

"당연히 돈이지."

너무도 뻔한 대답에 진자강은 잠시나마 다른 대답을 기대했던 자신이 바보 같단 생각이 들 지경이었다. 그러나 한편으로는 또 당연하게 돈 때문이란 생각도 했었던 것이다.

"강호를 장악하여 일통하면 더 많은 돈을 벌 수 있는 것 아닙니까?"

왕연이 어이없다는 듯 헛웃음을 터뜨렸다.

"강호일통? 그건 칼을 업으로 삼은 무식하고 멍청한 자들의 머릿속에나 꽉 차 있는 거지. 그까짓 걸 해서 뭐에 쓰나. 우리 상인들이 왜 강호를 일통해야 하지?"

"돈을 벌기 위해서."

"쯧쯧."

왕연이 또 혀를 찼다.

"상인이 강호를 장악하면 무림인들이 가만히 있을까. 어느 날 자다가 쥐도 새도 모르게 목이 달아날걸."

"그래서 대리로 금강천검 같은 자를 내세운 거 아닙니까?"

"아아, 그렇잖아도 백리중이 그러더군. 슬슬 얼굴 한번 보자. 이익을 혼자 다 가질 생각 말고 나눠 갖자…… 그런 얘기를 할 셈인 게지. 이미 작은 나라 하나를 운영할 만큼의 막대한 자금이 그의 손에 쥐어져 있는데도."

왕연의 얼굴에 분노가 그려졌다.

"대체가 무림인이란 족속은 정도를 몰라. 무력을 가지면 당연히 돈이 따라온다 생각해. 그 둘은 전혀 다른 논리로 움직이는 건데도 말야! 내가 평생을 고생하며 모은 돈을 왜 그놈들에게 당연하다는 듯 내줘야 하지?"

왕연의 목소리가 커졌다.

"그러니 자네 말처럼 대리로 내세운 놈이 권력을 잡으면 어떻게 될까? 당연히 뒤에서 밀어준 자를 죽이고 자신이 다 차지하려 할 거야! 대업을 계획하고 밀어준 상인은 돈이며 사업장이며 마누라까지 뺏기고 칼 맞고 뒈지는 건 마찬가지가 되는 거란 말일세."

왕연이 양손을 들어 보였다.

"내 말 틀렸나?"

진자강은 중얼거렸다.

"상인의 입장에서, 무림인이 생각하지 못하는 방향의 이득이 있어서 이런 일을 꾀했다…… 그렇게 봐도 되겠습니까."

"명석하군. 거기까지 생각한 것만도 용해. 누구나 다 생각하고 알 만한 일로 돈을 벌겠다는 건, 하수 중의 하수일세. 그런다고 제대로 돈을 벌 수도 없어. 그보다 더 큰 돈을 움직이는 자들은 남들이 보지 못하는 다른 것을 볼 수 있어야 하는 법. 내 오늘 자네에게 거상이 되는 법에 대해 알려주지."

왕연이 손가락을 들고 말했다.

"하나, 사람은 누구나 움직이면 돈이 든다."

진자강의 눈이 가늘어졌다.

움직이면 돈이 든다. 그건 누구나 아는 사실이다. 사람이 움직이면, 다수가 행동하면 반드시 그에 따른 비용이 수반된다.

"그것만으로는 당신이 일으킨 일들이 설명되지 않습니다."

왕연이 손가락 하나를 더 폈다.

"둘, 거상은 물건을 팔아 돈을 벌지 않는다."

상인의 기본은 물건을 파는 것이다. 그런데 물건을 팔아 돈을 벌지 않는다니?

"상인은 핏줄이야. 관서에서 나는 상품을 관동에 공급하여 돈의 흐름이 원활하도록 만드는 핏줄. 전역 구석구석에 뻗어 나가는 핏줄. 그 흐름이 원활해질수록 유통에서 오는 이익을 극대화할 수 있다."

"결국 그것도 물건을 팔아 돈을 버는 것과 마찬가지 아닙니까."

"어디서 돈을 버느냐는 매우 다른 문제일세. 유형의 현물을 파는 일반 장사꾼과 무형의 상품을 파는 거상의 차이는 거기에서 오지."

진자강이 물었다.

"매점매석하는 자들도 있습니다."

"세상에 별놈들이 다 있는데 그런 잡놈들이 없겠나? 그러나 매점매석 같은 짓으로 사람들을 궁핍하게 하면 한 곳의 돈이 말라 다른 곳에도 좋지 않은 영향을 주네. 거상이라면 그래선 안 돼."

왕연이 손가락 세 개째를 폈다.

"셋. 따라서 거상은 사람들에게 돈을 벌어 줘야 한다. 사람들은 돈이 많아져야 쓰는 돈이 많아진다. 쓰는 돈이 많아지면 상품의 유동량이 활발해져 돈의 흐름이 좋아지고, 물건을 유통하는 거상은 더욱더 많은 돈을 벌 수 있게 되는 것이다."

진자강이 상인이 되고자 하는 이였다면 가슴에 깊이 새겨야 할 만큼 하나하나가 주옥같은 말이다.

"넷, 거상은 당장의 손익에 일희일비하지 않는다. 새로운 투자처를 찾고, 새 시장을 개척할 때에는 늘 손해가 있기 마련. 손해를 두려워해서는 목돈을 만질 수 없는 법이다."

진자강은 왕연이 하는 말들이 강호에서 벌어진 일과 전혀 무관하지 않다는 걸 깨달았다.

왕연이 자신의 말처럼 직접 개입하지는 않았다 하더라도 강호에 혼란을 일으킨 건 분명하다.

혼란이 생기고 강호인들의 움직임이 매우 활발해졌다. 문파들이 살아남기 위해, 혹은 확장 등의 분쟁 때문에 움직이면서 계속해서 비용이 발생했다. 그것은 고스란히 상인들의 이익으로 남았을 것이다.

그러나 거상은 물건을 팔아 돈을 벌지는 않는다고 했다. 유통을 장악하고 오히려 고객의 돈을 벌게 해 준다고 했다.

해월 진인의 말에 의하면 어떤 식으로든 분쟁에서 이긴 문파나 개인들이 이득을 얻게 되었다지 않은가! 실제로 무림총연맹도 그렇게 돌아갔고!

왕연이 말한 고객이 되어 버린 것이다…….

왕연이 말한 네 가지에 여태껏 강호에서 벌어진 모든 일들이 축약되어 있었다.

진자강은 등골이 서늘해졌다.

드디어 알아차렸다.

누가 이런 짓을 했는지.

머리가 멍해지는 듯했다. 벼락을 맞아 머릿속이 텅 비어 버린 것 같은 충격을 받았다.

"설득했군요."

왕연이 보일 듯 말 듯 한 미소를 지으며 진자강을 바라보았다. 긍정도 부정도 하지 않았다. 때문에 진자강의 생각이 맞다는 걸 반증한 셈이 되었다.

진자강은 이를 씹듯이 말을 내뱉었다.

“새 시장을 위해 투자하라고 상계를 설득했군요. 당신이.”

이제야 상계 전체가 이번 일에 동참하고 있었던 이유를 깨달았다. 백리중에게 들어간 돈이 상계의 곳곳에서 모인 이유를 알게 되었다.

진자강이 이를 갈며 왕연을 노려보았다.

왜?

왜 강호를 이토록 혼란에 빠뜨리고, 사람들이 모두가 이익을 좇게 만드는 데에 투자하게 만들었습니까!

왜 강호를 아귀지옥으로 만들었습니까!

왕연의 말이 맞다면 지금까지 벌어진 일은 시작에 불과하다.

지금까지도 투자는 진행형이었다. 아직 투자금을 회수하는 단계가 아니다.

믿기 어려웠다. 여태까지 강호가 흔들리면서 상인들이 얻은 이익도 적잖은데, 지금보다 더 큰 돈을 벌 수 있는 때가 온단 말인가!

강호를 장악하여 매점매석으로 돈줄을 틀어쥐는 것도 아니면서?

왕연이 손가락을 모두 폈다.

"다섯째."

진자강은 어금니를 꽉 물었다. 왕연이 말한 이전의 네 가지는 근간이 되는 이론이다. 마지막 다섯 번째가 아마도 왕연이 정말로 하고 싶어 하는 말일 수 있다.

"이건 대답이자 또한 자네에게 던지는 질문일세."

왕연이 잠깐 진자강을 응시하다가 재밌다는 표정으로 물었다.

"모든 행동과 가치 판단의 기준이 돈이 되는 세상이 온다면, 그런 세상에서 가장 큰 이득을 볼 수 있는 건 과연 누구일까?"

〈다음 권에 계속〉

DREAMBOOKS★

DREAMBOOKS★

DREAMBOOKS★